나는 생각하고 말하는 사람이 되기로 했다

말에 품격을 더하는 언어 감수성 수업

나는 생각하고 말하는
사람이 되기로 했다

홍승우 지음

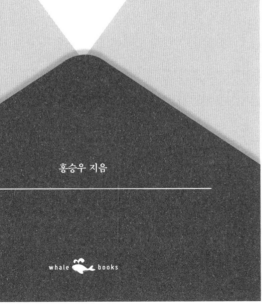

whale books

언어에도 업데이트가 필요하다

"이 표현 써도 괜찮아요?" "이 신조어는 유래가 뭔가요?"

요즘은 회사에서 언어 사용에 관한 질문을 많이 받는다. 그만큼 표현 하나하나가 중요해졌다는 뜻일 거다. 단어 하나 잘못 사용했다간 사과문을 써야 하는 건 기본이고, 오랜 기간 공들여 쌓은 브랜드 이미지도 모래성처럼 무너질 수 있다. 언어를 민감하게 돌아보는 능력, 즉 언어 감수성의 필요성을 나날이 깊게 느끼고 있다.

나는 많은 이에게 주목받는 콘텐츠를 제작하는 동시에 독자 반응에 대한 리스크를 책임지는 일을 오랫동안 해왔다. 더 많은 클릭과 '좋아요'를 유도하기 위해서는 사람들이 재미있어하는 표현으로 제목을 짓고 유행하는 신조어로 문장을 채워야 한다. 관심을 끌고 싶어 자극적인 표현을 찾아 밀어 넣다 보면 어느새 생각 없이 말하는 사람이 되곤 한다.

그러다 보면 자연스레 "기사가 불편하다", "표현이 잘못됐다"와 같은 피드백이 늘어난다. 농담이 통하지 않는 사회가 야속할 때가 있다. '저런 거 하나하나 다 지키면 이 세상이 너무 딱딱하지 않나?', '농담과 진담을 구별하지 못하나?' 그럴 때마다 무엇이 잘못됐는지 들여다보면 좋았을 텐데, 생각이 짧았다. 그저 유별나고 예민한 반응으로만 바라봤다.

누군가 항의할까 봐, 사과하라고 할까 봐 늘 걱정이 앞섰다. 다양한 사람의 입장에서 생각해 보기 시작한 건 단순히 혼나고 싶지 않다는 마음 때문이었다. 하지만 점차 오랜 투병 생활을 거친 이와 그의 가족들이 질병과 연관된 신조어를 보고 웃지 않는다는 것을 깨달았고, 재기발랄한 신조어에 누군가는 상처를 받을 수 있음을 진심으로 받아들이게 되었다. 그 후로 불편한 표현들에 감정이 겹치는 일이 많아졌다. 텔레비전 프로그램 자막을 보면서 '아직도 저런 표현을 쓰냐'며 혼자 답답해하고, 비하 표현을 습관처럼 입에 담는 사람들과는 거리를 두곤 한다.

이 길이 외롭지 않은 것은 불편함을 감지한 이가 나뿐만이 아니라는 믿음 덕분이다. 나와 마찬가지로 불편함을 깨닫고 전과 다르게 행동하는 이들이 많다. 잘 드러나지는 않지만, 그들은 이미 언어 감수성이 떨어지는 브랜드나 사람과는 자연스레 거리를 두고 있다. 잘못된 표현들로 인해 생겨난 거리감은 결코 쉽게 회복되지 않는다.

국립국어원은 감수성을 '외부 세계의 자극을 받아들이고 느끼는 성질'로 정의한다. 우리를 둘러싼 사회는 계속해서 변화한다. 그러니 언어 감수성 또한 시간에 따라 업데이트되어야 하는 것이 당연하다. 유행을 따라가고 싶어 깊게 고민하지 않고 말을 던지면, 그 표현들은 고스란히 '흑역사'로 남는다. 지금은 가벼운 농담일지 몰라도 훗날에는 망언으로 치부될 수도 있다는 뜻이다.

세상엔 낡은 단어들이 참 많이 쌓였다. 언어는 고정된 것이 아니기에 시대에 따라 재정의되고, 때에 따라서 폐기되기도 해야 한다. 나는 이 책에서 이러한 낡은 단어들에 대해 이야기하려고 한다. 말하는 사람의 의도보다 듣는 사람의 기분을 헤아려, 차별과 혐오를 유포할 수 있는 낡은 단어들을 버리는 것이 언어 감수성을 키우는 첫걸음이기 때문이다.

　모두가 생각하고 말하는 사람이 되면 좋겠다. 상대방에게 상처를 주지 않기 위해서는 말을 고르는 시간이 필요하다. 이로 인해 누군가에게는 재미없는 사람이라는 핀잔을 듣게 될지도 모른다. 하지만 적어도 시대가 변했을 때 부끄러운 낙인이 남지는 않을 것이다.

[목차]

당신의 말이
무해하다는 착각

1장

정당한 노동의

가치

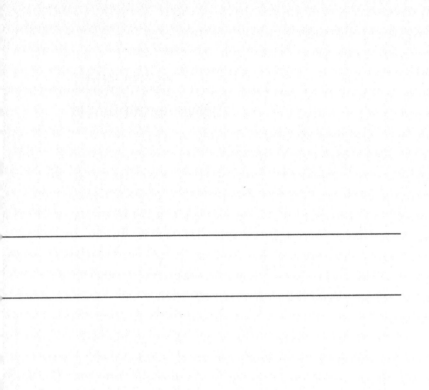

성공의 비결은
과중한 노동이 아님을

2018년 2월 주당 법정 근로시간을 기존 68시간에서 52시간
으로 단축하는 내용의 근로기준법 개정안이 국회를 통과했다.
노동에 대한 인식의 변화는 노동시간을 제한하는 법안까지 바
꿔놓았다. 실제로 현대인이 노동을 받아들이는 방식은 과거와
다르다. 2021년 구인구직 플랫폼 사람인이 성인 1,828명을 대
상으로 진행한 '워라밸과 연봉 중 선호 조건' 조사 결과에 따
르면, 71.8%가 '연봉이 적어도 워라밸이 좋은 기업'을 선택했
다.[1] '워라밸'은 일과 삶의 균형을 의미하는 '워크 라이프 밸런
스work-life balance'를 줄여서 만든 단어로, 삶과 노동의 적절한 조

화를 추구하는 사회상을 반영한다.

이렇듯 성인 10명 중 7명이 경제적 가치보다도 개인의 삶을 중시하는 이 시대에 어쩐지 어색하게 느껴지는 신조어가 있다. 주로 사용되는 상황은 이런 경우다. 정말 잘 만든 게임이 출시되었다. 심지어 제작에 오랜 기간이 걸리지 않았다는 설명에 사용자들은 제각기 놀라움을 표한다. 신이 난 제작자는 한마디를 덧붙인다. "개발자를 갈아 넣었습니다."

연구원을 갈아 넣어 만든 가전제품, 편집자를 갈아 넣어 만든 영상, 디자이너를 갈아 넣어 만든 포스터…. 요즘 뛰어난 제품이나 훌륭한 결과물에 '갈아 넣었다'는 표현이 붙는 것을 심심찮게 볼 수 있다. 아마 돈, 시간, 노력, 정성, 더 나아가 영혼까지 몽땅 다 털어 넣었다고 느껴질 만큼 완성도가 높다는 사실을 칭찬하는 표현일 거다. 하지만 표현의 저 밑바닥에서 '언제든 사람을 한계까지 몰아붙이면 성과를 낼 수 있다'는, 착취를 정당화하는 태도가 느껴져 울적해질 때가 있다.

물론 섣부른 걱정일 수 있다. 하지만 이와 비슷한 맥락의 표현들이 직장 안에서 종종 발견된다. "일이 많아? 사람 쓰면 되지." 행사에 손이 모자라거나 전문 인력이 필요할 때, 흔히 '사람을 쓴다'고 이야기한다. 사람인데도 도구와 같이 취급하는 태도이다.

20년 전쯤, "손님은 왕이다"라는 카피가 유행했다. 대기업부터 작은 가게까지 차별화된 고객 응대가 곧 경쟁력이 되었고, 서비스업의 비약적인 발전이 이뤄졌다. 하지만 이는 동시에 귀한 대접을 받아야 한다는 것을 무기로 직원에게 갑질을 하는 고객이 늘어나는 결과를 초래하기도 했다. 호의와 배려를 권리로 착각하는 사람들이 많아진 것이다.

이렇듯 언어의 힘은 사회의 분위기를 바꿀 정도로 강력하다. '사람 쓰면 된다'나 '갈아 넣었다'와 같은 표현들이 불편하게 들리는 것은 돈으로 모든 문제를 해결할 수 있다고 생각하는 사람이 늘어날지도 모른다는 우려 때문이다. 퀄리티를 높이기 위해서라면 언제든 사람을 혹사하는 일이 당연해질까 두렵다. 좋은 결과물을 만들 수 있었던 것이 누군가를 갈아 넣었기 때문이라고 설명한다면 또 다른 누군가는 성과를 위해 무리한 업무를 강요받게 되지 않을까?

갈아 넣다,
혹사가 당연한 사회에서 최고의 결과물을 만드는 법

재직 중인 회사가 다양한 직업과 기업의 근무 환경을 알려주는 〈워크맨〉이라는 유튜브 채널에 소개된 적이 있다. 취업준비생이 주요 타깃이다 보니, 영상의 말미에는 늘 추가 채용 의사를 묻는 장면이 나온다. 대부분의 회사 대표는 기업 이미지를 긍정적으로 각인하기 위해 고심 끝에 "알겠습니다. 30명 더 채용하겠습니다"와 같은 답변을 내놓는다. 좋은 직장에 취업하기 힘든 시대, 신규 채용 자리가 늘어나는 것은 분명 좋은 일이다. 하지만 우리 회사는 채용을 늘려달라는 요청에 선뜻 그러겠다고 대답하지 못했다.

　우리 회사 역시 일자리를 지속적으로 늘리고 있지만, 대표의 한마디에 채용 인원이 수십 명씩 바뀌는 건 우리가 생각하는 일자리에 대한 존중이 아니었다. 대표나 팀장이 독단적으로 판단하는 것이 아닌, 구성원들이 함께 고민하고 논의한 끝에 결정할 수 있는 것이 채용이라 믿는다. '사람 쓰면 된다'와 같은 표현을 조심하는 것 역시 같은 맥락이다. 누구도 갈아 넣어서는 안 되는 것이 노동이며, 거래하듯 쉽게 결정할 수 없는 것이 일자리라 생각하며 일하고 있다.

　과거 한국 축구는 '투혼'이라는 키워드로 포장돼 있었다. 머리에 부상을 입었는데도 붕대를 감고 계속해서 뛰었다거나,

월등한 실력 차이를 극복하려 몸을 날려 수비했던 경기에는 여지없이 투혼이라는 표현이 붙어 찬사를 받았다. 다치지 않는 것 또한 프로선수의 중요한 책임인데도 불구하고, 국가 대표라면 이기기 위해 악을 쓰고 부상까지 감수하는 모습을 보여야 한다는 이상한 기대가 있었다.

제품이나 서비스에도 '영혼을 담았다'는 표현이 자주 사용된다. 이는 표준을 넘어서 정성이 특별하게 들어갔음을 강조하는 말이다. 투혼과 마찬가지로 이 말 또한 사용하는 데 주저하게 된다. 영혼을 담았다는 제품이나 서비스의 높은 인기가 앞으로도 혼이 들어간 작품을 기대하겠다는 메시지를 전달할 수도 있겠다는 생각이 들기 때문이다.

물론 스포츠 선수로서, 한 분야의 전문가로서 자신의 한계를 뛰어넘는 결과를 만들기 위해 고군분투하는 것은 멋진 일이다. 모든 경우를 비판하는 것은 아니다. 다만 그 과정이 자신의 능력을 뛰어넘게 만드는 도약의 시간이었는지, 아니면 번아웃이 올 정도로 지치게 만드는 시간이었는지는 생각해 볼 문제이다. 과장 섞인 표현이라는 사실은 알지만, 모두가 매 순간 그렇게 전투력을 불태울 필요는 없다.

요즘 부동산 거래나 주식 투자에서 '영끌했다'는 말이 자주 눈에 띈다. '영끌'은 '영혼까지 끌어모으다'를 줄여서 만든 단어로, 투자금을 마련하기 위해 무리했음을 비유적으로 표현한 것이다. 하지만 마치 그렇게 하지 않으면 이 과열된 시장을 뚫어낼 수 없다는 경고처럼 들리기도 해서 영 입에 붙는 말은 아니다.

애당초 갈아 넣지 않아도 되고, 혼을 불사를 일이 아니었을지 모른다. 그저 우리가 스스로에게 더 열심히 해야 한다는 압박을 줬던 것에 불과할 수도 있다. 성공의 비결을 알고 싶거나 실패의 이유가 필요할 때마다 우리는 그 대답을 '노력'으로 채워왔던 게 아닐까.

"거봐. 열심히 하니까 되잖아." 가장 무서운 건 성과가 노동의 양과 비례할 것이라는 착각이다. 봉준호 감독은 영화 〈기생충〉 촬영 당시 모든 스태프와 표준근로계약서를 쓰고 주 52시간 촬영을 넘기지 않았다고 한다. 적정한 노동을 통해서도 좋은 퀄리티를 만들어낼 수 있다는 믿음을 심어준 사례이다. 사람을 갈아 넣어야만 이루어지는 일이라면 처음부터 계획이 잘못되었을 가능성이 크다. 난제를 해결하는 비밀의 열쇠가 '갈아 넣었다'가 되어서는 안 될 일이다.

사람을 파는
시장

노량진 수산 시장에서는 광어가 1킬로그램당 15,000원이다. 광장 시장에서는 빈대떡이 한 장에 5,000원, 대구 서문 시장에서는 납작 만두 한 접시가 3,500원이다. 시장에는 판매자와 구매자, 가격이 있다. 그래서 그 옆 취업시장에서 취업준비생이 최저 연봉 2200만 원에 인생을 파는 걸까. 왜 우리는 취업시장이라는 말을 사용하게 됐을까.

취업을 원하는 취업준비생과 채용을 원하는 기업. 이들이 온오프라인 공간에서 형성하는 관계망을 언론과 미디어는 흔히 취업시장(구직시장)이라고 통칭한다. 취업시장이라는 용어

가 본격적으로 쓰이기 시작한 때는 외환위기 이후인 1999년쯤
이다. 물론 그 이전에도 비슷한 용어가 있었다. 인력시장과 노
동시장이다. 노동력이라는 상품에 대해 노동자와 자본가 사이
에 거래가 이뤄지며, 공급과 수요의 법칙에 따라 상품의 가격
(임금) 및 활용 조건(근로 조건)이 결정된다고 하여 붙인 이름
이다.

시장은 판매자와 소비자 사이에서 거래가 이루어지는 공간
이다. 사전에 정의된 대로 일자리(노동력)가 거래된다는 의미
로 해석하고 싶지만, 종종 사람인 취업준비생 그 자체가 거래
의 대상이 되는 게 아닌가 하는 불안감을 지울 수 없다.

취업시장,
사람을 거래하는 사회 풍조

의심스러운 증거는 또 있다. 취업시장이라는 용어가 자주
들리기 시작할 즈음, '스펙spec'이라는 신조어 또한 일상적으로
쓰이게 되었다. 스펙은 스페시피케이션specification의 줄임말로,
원래는 기계나 자동차 등의 사양을 뜻한다. 하지만 한국에서
는 취업에 성공하기 위한 조건이라는 의미로 주로 사용한다.

사람을 부품에 비유한 셈이다. 특정 교육 과정을 이수하거나 일정한 시험 점수를 획득하면 해당 과업을 수행할 수 있을 것이라 판단하는 사고방식이다. 스펙이라는 단어를 사용할 때, 사람은 회사라는 기계를 정상적으로 돌아가게 하는 소모품으로 전락한다.

그러나 정작 영어권에서는 채용 과정에서 이런 단어를 쓰지 않는다. 대신 지원을 위한 최소 요건이라는 뜻의 퀄리피케이션qualification을 주로 사용한다. 자격 요건만 충족하면 다음부터는 사람을 중심으로 평가하기 때문이다.

채용과 관련된 표현은 구직자들에게 영향을 미친다. 스펙이라는 용어 역시 정작 채용을 진행하는 기업은 사용하는 것을 조심스러워하지만, 채용이 간절한 구직자들과 그들의 주목을 받으려는 미디어는 거침없이 사용한다. '당신이 불합격한 것은 스펙 때문입니다', '합격하려면 이런 스펙이 필요합니다'와 같은 문장은 구직자의 클릭을 부른다. 자연스럽게 구직자의 역량이나 태도, 성장 가능성보다는 이미 증명된 성적과 실적이 중요하다는 인식이 커진다. 상품 뒷면에 제조 일자와 원재료, 영양 정보 등을 표기하듯, 구직자들은 지원서에 자신의 스펙을 써넣어 스스로를 취업시장에서 거래되는 상품으로 규격화한다.

그간 우리 사회는 성공에 등급을 나누고, 획일화된 인재를 양성하기 위해 표준화된 교육을 강요해 왔다. 각자의 고유한 특징에 관심을 두기보다 노동자를 특정한 기능을 수행할 수 있는 수단으로 취급했다. 기준(스펙)을 맞추지 못한 사람은 번번이 취업에 실패했고 흔하지 않은 개성은 공동체에 부합하지 않는다고 지적받았다. 취업시장이라는 말을 아무렇지 않게 쓰는 현상에는 노동자를 노동력이라는 스펙을 갖춘 상품으로 취급하는 관념이 깔려 있지 않을까?

"앞으로 취업시장이라는 말은 쓰지 마." 에디터로 처음 일을 시작했을 때, 선배가 정해준 규칙 중 하나이다. 이후 취업 분야를 담당했을 때 습관적으로 취업시장이라는 말을 썼다가 다시금 지우는 수고를 몇 번이나 되풀이했다. 내가 무심코 쓴 말에 취업준비생의 가치가 상품으로 전락하지는 않을까 신경이 쓰였기 때문이다. 말이라는 것은 하다 보면 습관이 되고, 습관은 곧 태도가 된다. 언어는 그것이 지칭하는 대상을 바라보는 시각에 영향을 미친다.

요즘 젊은 세대는 종종 '추노推奴'한다는 표현을 쓴다. 원래 조선시대에 노망친 노비를 쫓는 일을 가리켰으나, 커뮤니티

등에서는 아르바이트를 하다가 일이 너무 힘들어 일당을 포기하고 그대로 도망친다는 의미로 사용된다. 택배 상하차 아르바이트처럼 육체적으로 힘든 노동 형태에서 더 자주 등장하는 이 용어는 그들이 스스로의 고된 업무를 노비 생활에 비유하는 자학적인 농담이다. 그러나 농담이라고 다 괜찮은 것은 아니다. 우리가 스스로의 노동을 낮춰 평가할 때, 취업시장이라는 단어는 더욱 견고해질 터이다.

직장인들을 위한 익명 커뮤니티 블라인드에는 종종 다른 기업의 연봉이나 복지를 묻는 글이 올라온다. 서로의 연봉을 비교하다 보면 으레 "머슴살이를 해도 대감 집에서 해라"와 같은 내용의 댓글이 달린다. 직장에서 일을 하는 스스로를 머슴이라고 자조하는 농담에서 회사와 직원의 관계가 단적으로 드러나는 것 같아 씁쓸하다.

앞으로도 대부분의 미디어는 계속해서 취업시장이라는 용어를 사용할 것이다. 하지만 한편으로는 청년을 스펙으로 재단하고 능력을 규격화하는 태도가 없어져야 할 낡은 방식이라 믿는 사람도 많아질 것이다. 우리에게 필요한 것은 시장에서 거래되는 상품이 아니라 같이 일할 동료이다.

그간 취업 분야를 담당하면서 취업시장이라는 말 대신 구직 환경이라는 단어를 써왔다. 취업이 모두가 사용할 수 있는 3인칭 시점이라면, 구직은 취업준비생 입장에서만 사용할 수 있는 1인칭 시점의 용어이다. 시장의 넉넉하고 푸근한 분위기를 담아내는 건 단어가 아니라 어느 관점에서 바라보느냐의 문제일 것이다.

비상함에 대한 찬사가
왜 그래?

"완전 약 빨았네."

과거에는 이런 말이 듣고 싶었다. 콘텐츠 창작자에게 '약 빨았다'라는 표현은 기발함에 대한 큰 찬사였다. 창의성이 남다르다는 인증이었고, 또 보통 사람들의 수준을 뛰어넘었다는 훈장이기도 했다. 약 빨았다는 소리를 듣기 위해 더 특이하고 괴상한 콘텐츠를 기획하려 노력했을 정도였다.

이 같은 표현이 유행하게 된 데에는 SNS의 영향이 크다. 실시간으로 올라오는 게시물 사이에서 뻔한 스토리텔링은 주목받을 수 없었고, 사람들은 자극적이면서도 예상을 벗어나는 콘텐츠를 고민하기 시작했다. 이에 따라 "대체 무슨 생각으로 이런 걸 만들었어요?"라는 반응 역시 "어떤 약을 빨았기에 이런 생각을 하게 됐냐"라는 식으로 과격해졌다. 결국 기발한 콘텐츠나 남다른 기획력에 훈장처럼 붙은 '약 빨았다'는 수식어는 약쟁이 전성시대를 이끌게 되었다.

잠깐 유행하고 사라질 줄 알았던 신조어는 10년이 지난 지금까지도 꿋꿋하게 살아남았다. 이 낡디낡은 표현은 고된 창작의 과정을 치하하는 클리셰가 되었다. 더 이상 이 표현이 기쁘지 않은 것은 단순히 오래되어서가 아니다. 이 표현이 가리키는 약이 마약을 의미한다는 사실이 시나브로 더 가까이 다가왔을 뿐이다. 오랜 노력이 빚어낸 기획력이 겨우 마약을 투여하는 것과 동일하게 취급된다는 것이 서글퍼졌다.

약 빨았다,
걸작의 탄생 조건

약은 병이나 상처 따위를 고치거나 예방하기 위해 사용된다. 창작을 위해 첨가하는 성분이 아니다. 본래 뜨거운 땀방울이 모여 값진 결과를 만드는 환경에서 '약쟁이'라는 표현은 훤

영받지 못한다. 근육량을 늘리기 위해 열심히 운동하는 사람들에게 약쟁이는 스테로이드로 쉽게 근육을 만든 사람을 의미한다. 정정당당한 스포츠 정신을 중요하게 여기는 프로스포츠 세계에서는 금지된 약물을 투여하는 도핑 행위를 심각한 결격 사유로 규정하고, 선수의 능력이 아무리 좋더라도 제명해 버린다.

예술과 문화 장르 역시 그래야만 한다고 생각한다. 약을 투여해서 만들어낸 결과물이 설사 아무리 아름답고 뛰어나다 해도 칭찬하는 것이 아니라 비판의 시선으로 바라보아야 한다. 무엇보다 약이 노력을 뛰어넘는 지름길이 될 수 있다는 인식이 퍼지는 것은 피하고 싶다.

연예인의 마약 투여가 연달아 발각되어 떠들썩했던 시기, 한 아이돌 멤버가 마약을 구하는 과정에서 보낸 메시지가 공개되어 큰 화제가 됐던 적이 있다. 그가 천재가 되고 싶어 마약을 하는 것이라 표현한 부분이 기억에 남았다. 마약이 창작자를 도와주는 영감의 원천이라는 잘못된 관념이 만연하다는 사실을 단적으로 보여주는 사례라고 생각했기 때문이다. 부디 놀랄 만한 콘텐츠를 만드는 노력과 몰입의 시간을 약으로 대신하는 사회가 되지 않기를 바란다.

겸손을 미덕으로 배워왔기 때문인지, 우리는 칭찬에 어설프다. '약 빨았다'가 찬사로 변질된 것처럼, 온라인에서는 잘했다는 표현을 '미쳤다'로 대신하기도 한다. 평범한 수준을 넘어섰다며 칭찬하려다 정신장애에 대한 혐오 표현으로까지 나아간 것이다.

누군가는 '약 빨았다'가 그저 재밌는 표현에 지나지 않는다고 말할 수도 있다. 이 표현에서 마약을 떠올리는 사람이 거의 없을 것이라는 주장도 일리가 있다. 하지만 창조성을 약과 연관 짓는 표현이 10년 넘게 쓰이고 있다는 사실에 경각심이 앞선다. 좋은 창작물을 그냥 좋다고 칭찬할 수는 없는 걸까. 언제까지 훌륭한 창작자를 약쟁이로 취급해야 하는지 모르겠다.

6시 1분도
6시가 아니다

직장인들이 좋아하는 세 가지가 있다. 퇴사, 월급 그리고 퇴근이다. 특히 퇴근시간이 되자마자 칼같이 일어나는 '칼퇴근(칼퇴)'은 모든 직장인이 바라는 워라밸의 기본 요건이다. 시대가 변하면서 야근은 점점 줄어드는 추세고, 칼퇴근은 자연스레 기업의 업무 환경을 평가하는 지표가 되어가고 있다.

그런데 이상한 점이 있다. 칼퇴근은 있는데, '칼출근'이란 표현은 없다는 거다. "9시 1분은 9시가 아니다"라는 말은 유명하지만, 아무도 "6시 1분은 6시가 아니다"라고 말하지 않는다. 서로에게 피해를 주면 안 된다며 동료 간의 예의는 철저하게 따져 묻지만, 조직이 개인의 삶을 침범하는 일은 용인하는 걸까. 업무 시간이 귀해 1분의 지각도 용납하지 않는 것처럼, 6시가 넘어서도 자리에 앉아 있는 노동자의 시간도 똑같이 귀하게 생각해 줘야 맞지 않을까.

사실 칼퇴근은 기업의 시선에서 바라보는 용어이다. 제시간에 퇴근하는 일을 특이한 현상으로 생각하는 것이다. 원칙대로라면 야근이 특별한 이벤트여야 하고, 칼퇴근은 약속된 시간에 퇴근하는 평범한 일일 뿐이다. 노동자들이 정시퇴근에 고마워하는 것은 기업이 갑, 노동자가 을이라는 오랜 관념에 익숙해진 탓일지도 모른다.

칼퇴근,
추가 근무가 당연한 사회의 특별한 이벤트

한때 회사에서 패밀리 데이의 도입 여부를 논의한 적이 있었다. 패밀리 데이는 가족과 시간을 보내기 위해 한 달에 한 번 2시간 일찍 퇴근하는 날이다. 하지만 사실 근로시간을 개인이 자율적으로 정하는 제도가 정착된다면, 굳이 패밀리 데이를 지정할 필요가 없을 것이다. 어쩌면 가족과 시간을 보내기 위해 패밀리 데이가 있어야 한다는 것 자체가 그 회사는 야근이 일상이라는 증거일지도 모른다.

나는 2019년 출간한 『밀레니얼이 회사를 바꾸는 38가지 방법』에서 다음과 같이 말한 바 있다. "여전히 많은 기업에서는 '가족 같은 분위기'를 홍보 포인트로 내세운다. 하지만 요즘 젊은 세대들은 회사 안에서 가족이라는 말을 들으면 진저리부터 친다. 그간 '가족 같은 분위기'라는 클리셰를 사용하며 채용했던 상당수 기업들이 하나같이 최악이었다는 소문이 돌면서, 밀레니얼 세대들에게 경각심이 생겨난 것이다. 실제로 대학내일이 만들었던 '블랙기업 거르는 법 7'이란 카드뉴스에서 유독 많은 댓글이 달린 카드가 바로 '가족 같은 기업에 가지 말라'는 것이었다. 이미 밀레니얼 세대는 알고 있다. 그런 기업일수록 가족끼리 주먹구구식으로 운영하거나, 친하다는 이유로 선을 넘는 경우가 많다는 것을. 다시 말해 가족이라는 키워드를 쓰는 곳이 얼마나 최악인지를 말이다."[2]

밀레니얼 세대가 회사에 들어오면서 조직문화가 빠르게 바뀌고 있다. 변화의 시작은 기존에 잘못 설정된 조직과 직원 사이의 관계를 바로잡는 것이다. 동료를 가족이라 부르며 선을 넘거나 직원에게 주인의식을 강요하는 행위가 대표적이다. 요즘 시대에 맞는 성과 내는 조직문화란 거창한 개념이 아니다. 과하게 설정되어 있던 조직의 권한을 줄이고, 축소되어 있던 직원의 권리를 되찾아주는 데서 시작한다.

처음 회사에 들어왔을 때 대표님은 "이 회사에 평생 다닌다고 생각하지 말고, 언제든 다른 회사로 옮길 수 있는 사람이 되길 바란다"라고 하셨다. 당시 뼈를 묻겠다는 각오로 들어온 신입사원은 당황했지만, 지금 돌이켜 보면 회사와 직원이 가져야 할 가장 담백한 관계 설정이었다는 생각이 든다.

나는 헌신적인 인재라는 표현을 좋아하지 않는다. 조직을 위해 몸과 마음을 바쳐 헌신해야 한다는 것은 생산 중심 비즈니스 생태계에서 유효했던 요구이다. 회사는 이제 헌신적인 직원보다 비즈니스를 더 효율적이고 장기적으로 이끌어줄 수 있는 직원을 찾아야 한다. 물론 이는 기꺼이 초과근무를 감수하는 덕목과는 무관하다. 유능한 인재가 가끔 운 좋게 칼퇴근할 수 있는 회사와 정시퇴근이 당연한 회사 중 어디를 선호할지는 명백하다.

묵묵하게 일하는 사람들

2013년 보건복지부는 간호조무사 제도를 폐지하고 간호실무사로 대체하여, 기존에 간호사와 간호조무사로 구분되었던 간호 인력을 간호사, 1급 간호실무사, 2급 간호실무사의 3단계로 개편하는 방안을 내놓았다. 구체적으로는 전문대에 간호조무학과를 신설하여 1급 간호실무사 면허를 부여하고, 실무 경력을 쌓으면 2급 간호실무사도 1급 간호실무사가 될 수 있도록 하며 나아가 간호대학 편입도 가능하다는 내용이 포함됐다.[3]

정책이 발표되자 자격에 대한 논란이 일며 간호조무사는

비난의 대상이 되었다. 특히 실력이나 노력에 비해 과한 보상을 원한다는 여론이 형성되어 간호조무사에 대한 부정적인 이미지가 굳어졌다.

그 결과 '-조무사'는 '특정 분야의 자격 수준이 의심되는 사람', '유사한 일을 하는 사람' 등을 의미하는 비하의 표현이 되었다. 예를 들면 이런 식이다. 시간제 교사를 가리켜 교육조무사라고 하고, 헌법을 강의하는 사람들을 헌법조무사라 부르는 것이다. 역량을 깎아내리는 표현이기 때문에 차별이 심한 직종에서 더욱 빈번하게 등장한다. 여성 경찰을 '치안조무사'라 칭하며 자격을 의심하는 일은 특정 직종에 대한 비하와 여성 혐오가 결합한 대표적인 예시이다.

결국 간호조무사라는 직업은 놀림과 비하의 대상으로 남았다. 사회의 부정적인 인식 탓에 일을 그만뒀다는 이야기도 쉽게 들을 수 있다. 당연한 일이다. 2020년 4월 대한간호조무사협회가 실시한 「2020년 간호조무사 임금·근로조건 실태조사」에 따르면 응답자의 62%가량이 최저 임금 또는 미달 수준의 급여를 받는다.[4] 10년 이상 경력자의 48.5%도 여전히 최저 임금 이하를 지급받고 있다고 응답했다. 간호조무사 10명 중 3명(29.9%)은 주 6일 이상 근무하고 있는 것으로 조사됐으며,

연간 휴가 사용 일수는 평균 8.0일로 최소 연차휴가 15일에 훨씬 못 미쳤다. 처우도 좋지 않은데 직업인으로서 자긍심도 느끼지 못한다면 누가 계속 일을 하려고 할까?[5]

우리 사회에 만연한 능력주의도 문제를 키운다. 능력주의는 핵심 인력이 아니면 무시하는 분위기를 조성한다. 전문가가 아니라 전문가를 보조하는 역할은 엘리트 중심의 사회에서 무시하고 비난하기 딱 좋은 위치에 있다. 코로나로 인해 나라 전체가 혼란스러울 때, 그나마 국민이 버틸 수 있게 만든 원동력은 의료진이었다. 우리는 그들 덕분에 방역 모범국가가 됐다고 입을 모았다. 많은 의사와 간호사가 최전선에서 피땀을 흘리며 방역을 수행하기 위해 노력했다. 그들은 더 많은 박수를 받아야 한다. 그런데 한 번 더 생각해 보면 그들이 의료에 집중할 수 있도록 주변에서 그들을 보조한 사람들도 있다. 이들은 스포트라이트의 주역은 아닐지언정, 방역선의 뒤편에서 자신의 일을 묵묵히 해냈다.

그럼에도 어떤 벽 저편에서는 조무사라 놀리고 비아냥대는 무리가 있다. 직업에 귀천을 따지며 명망이 있거나 화려해 보이는 직업만 인정하고 그렇지 않은 직업은 무시하는 경향이 여전하다.

-조무사,

직업과 역할의 차이를 무력화하는 말

노동을 무시하는 용어는 또 있다. 바로 '편순이'와 '편돌이'이다. 이는 편의점에서 아르바이트를 하는 사람들을 가리키는 은어이다. 손님들은 반말을 하거나 돈과 카드를 던지기 일쑤고, 취객들은 매장 안에서 난동을 부리기도 한다. 사회적 약자인 아르바이트생들이 손님에게 할 수 있는 대응책은 거의 없기 때문에 웬만하면 참고 넘기는 일이 허다하다. 이에 그들은 스스로를 편돌이, 편순이라고 부르며 자조하기도 한다. 이와 같은 은어가 퍼지는 건 실제 그들의 처지가 약자의 모습을 그리고 있기 때문일 것이다.

한국편의점산업협회의 조사 결과에 따르면 2020년 말 기준 상위 5개사의 점포는 4만 8,000여 개에 이른다. 중소 브랜드 및 개인이 운영하는 편의점을 포함하면 5만 개를 훌쩍 뛰어넘을 것이라 추정된다.[6] 매장마다 여러 사람이 교대하여 근무하는 경우가 많으니 실제 편의점에서 일하는 노동자는 수만을 넘어 수십만일 수 있다. 수십만 노동자의 노동을 제대로 존중하지 않고 편순이나 편돌이로 가볍게 표현하는 건 아무래도 지양해야 할 일이다.

우리는 너무 쉽게 다른 이의 직업을 가볍게 여기곤 한다. 비슷한 맥락에서 사람들은 직장을 그만두고 "치킨집이나 하겠다"라는 말을 농담처럼 입에 담는다. OECD 통계에 따르면 2018년 기준 대한민국의 자영업자 비율은 25.1%이다. OECD 38개 회원국 중 7위이며, 아시아 국가들 중에서는 가장 높다.[7] 이렇듯 자영업자가 많은 현실을 반영한 말일 수도 있지만, 4명 중 1명에 이르는 자영업자들의 처지를 고려한 말은 아닌 것 같다. 영화 〈극한직업〉에서 "치킨집 하면서 왜 목숨을 걸어?"라고 묻는 이무배(신하균)에게 고반장(류승룡)은 절규하듯 외친다. "네가 소상공인 잘 모르나 본데, 우린 다 목숨 걸고 해!"

특정 노동을 비하하는 표현은 우리 주변에 널려 있다. '노가다'는 막일이나 토공을 뜻하는 일본어 도가타とかた에서 유래한 말로, 공사 현장의 일용직 노동자를 통칭하는 표현이다. 하지만 표준국어대사전은 이 단어를 '행동과 성질이 거칠고 불량한 사람을 속되게 이르는 말'이라 규정하고 있다. 이는 육체노동을 하는 사람들에 대한 이미지가 부정적으로 고착되어 있음을 의미한다. 실제로 우리는 평상시에도 궂은일이나 반복되는 단순 작업을 노가다라고 낮잡아 이르곤 한다.

1부 당신의 말이 무해하다는 착각

갈 데까지 갔다는 뜻으로, 흔히 선을 넘었다는 비유적 표현으로 사용하는 '막장' 또한 원래는 탄광이나 금광의 갱도가 끝나는 지점을 뜻하는 단어이다. 막장 드라마, 막장 토론, 막장 폭로전…. 자극적이며 수준이 낮다는 의미로 사용되는 이 수식어는 사실 탄광 노동자들의 작업장이다. 이에 2009년 당시 대한석탄공사 조관일 사장은 막장이라는 표현을 함부로 사용하지 말아달라고 호소한 바 있다. 그는 "막장은 폭력이 난무하는 곳도 아니고 불륜이 있는 곳도 아니"며, "30도를 오르내리는 고온을 잊은 채 땀 흘려 일하며, 우리나라 유일의 부존 에너지 자원을 캐내는 숭고한 산업현장이자 진지한 삶의 터전"이라고 강조했다.[8]

아이러니하게도 우리는 우리 일상과 밀접한 직종을 늘 가벼이 여기고 폄하해서 부르곤 한다. 누구의 직업도 가볍게 여기지 말자. 흔하게 접하는 공간에서 일하는 이들을 얕잡아 보는 것이야말로 우리가 가장 닮고 싶지 않은, 강자에게 약하고 약자에게는 강한 태도이지 않을까. 이러다 모두가 특정 직업을 기피하게 되면, 그 피해는 고스란히 우리에게 되돌아올 것이다.

2장

모두가

평균이길 바라는

사회

적당히를
강요받고 있다

우리 집은 3층이다. 2016년에 이사해 5년째 살고 있다. 위층에는 청소를 자주 하는 부부가 산다. 얼마나 청소를 좋아하는지 평일에는 아침저녁으로, 주말에는 많으면 대여섯 번까지 청소기 소리가 난다. 그 윗집에서는 강아지를 키운다. 실제로 본 적은 없지만 짖는 소리가 경쾌한 것으로 보아 작은 몰티즈일 것이다.

이와 같은 이야기를 가리켜 'TMI'라고 한다. TMI는 '투 머치 인포메이션Too Much Information'의 줄임말로, 불필요하고 너무 많은 정보를 뜻한다. 이는 커뮤니케이션을 할 때 적당한 정도를 지키지 않는 사람에게 쓰기 좋은 최적의 언어이다. 예를 들어 회식 자리에서 팀장의 이야기가 쓸데없이 길다면, 직원들은 팀장이 없는 채팅방에서 TMI라 흉을 보면 된다.

TMI가 본격적으로 유행하기 시작한 건 2017년쯤이다. 기존의 비효율적인 커뮤니케이션과 정보의 홍수에 지쳐버린 것일까? TMI는 정말 빠른 속도로 밀레니얼과 SNS, 미디어를 사로잡았다. 소중한 시간을 불필요한 정보로 채우는 것은 분명 안타까운 일이니 TMI의 등장은 통쾌하다. 하지만 일상 깊숙한 곳까지 자리 잡은 TMI에 왠지 모를 껄끄러움을 느낄 때가 있다.

직장에서 동료들과 이야기를 나누다가도, 왜 TMI 하느냐는 말을 듣는 순간 잘 나가던 대화가 멈춰버린다. '선 넘었다'는 신호인 셈이다. TMI를 남발하는 사람은 분위기 파악 못 하는 말 많은 사람 취급받기 일쑤이다. 이런 일이 반복되면 아예 처음부터 TMI를 선언하고 대화를 이어가는 촌극까지 벌어진다. "이거 TMI인데, 저 어제 세탁기 샀어요."

TMI라는 신조어의 의미를 정리해 보면 '(내 생각을 기준으로 했을 때) 알고 싶지 않은 너무 많은 정보'이다. 기준이 지극히 주관적이라서 말하는 사람은 지금 주는 정보의 양이 듣는 이에게 넘치는 수준인지, 적당한 수준인지 가늠하기 어렵다. 한 20대는 다음과 같은 사연을 보내오기도 했다.

요즘 여기저기서 TMI라는 말을 많이 쓰는 것 같아요.

친구들은 자기 이야기를 곧잘 하다가도 "아, 이거 너무 TMI인가?" 멋쩍어하며 이야기를 그만두더라고요. 그래서 저도 제 이야기를 선뜻 꺼내기가 어려워졌어요.

TMI가 죄악처럼 취급받고 있으니, 더 가까워지려고 노력할 때조차 주저하게 된다는 이야기였다. 요즘에는 그렇게 선을 넘지 않으려고 조심하며 딱 필요한 만큼만 얘기하도록 서로를 몰아세우는 것 같다. TMI가 사회적으로 조롱받을수록 완벽한 커뮤니케이션을 해야 한다는 압박이 커지는 것이다.

TMI,
가성비와 효율이 가치 기준인 시대의 커뮤니케이션

메이저리그 야구선수였던 박찬호는 강연을 하거나 팬을 만날 때 많은 이야기를 들려주는 것으로 유명하다. "제가 텍사스에 있었을 때의 일인데요…."로 시작해 말을 한 시간 넘게 이어간다는 그에게 미디어와 누리꾼은 '투 머치 토커Too Much Talker'라는 별명을 선사했다. 다양한 커뮤니티에서 이를 패러디하는 이미지들이 만들어졌고, 투 머치 토커의 줄임말인 'TMT' 역시 TMI와 비슷한 맥락의 신조어로 굳어졌다.

물론 애정 어린 별명이었지만, 말이 과도하게 많다는 것은 좋은 의미가 아니기에 달갑지 않았을 수도 있다. 하지만 다행히도 박찬호는 주눅 들지 않았다. 별명이 생긴 이후에도 긴 강연을 했고, 해당 콘셉트로 광고를 찍기도 했다. 만약 그가 투 머치 토커라는 별명이 부끄러워 다음부터 강연을 자제했다면? 그래서 살아 있는 전설이 된 선배의 이야기를 더 이상 들을 수 없다면? 누군가는 그의 강연 시간이 너무 짧다고 느낀다면? 청중의 속내는 아무도 물어본 적이 없다.

TMI나 TMT 소리를 듣지 않으려면 어떻게 해야 할까? 필요한 이야기만 재미있게 하고, 적당한 선에서 끊을 줄 알아야 한다. 하지만 이는 굉장히 어려운 일이다. 물론 대화할 때 상대방의 입장을 배려하는 건 칭찬받을 일이지만, 그 정도가 살짝 부족했다고 해서 웃음거리가 되는 것은 너무 가혹하다.

모 기업에서 세대 간 갈등 해소를 주제로 강연했을 때, 한

팀장이 다음과 같이 질문한 적이 있다.

"요즘 신입사원에게 가족 관계를 물어보면 사생활 침해라고 하더라고요. 근데 함께 일하는 사이인데, 가족에 대한 질문도 하면 안 되나요?"

"네, 요즘은 그런 질문도 하지 않으셔야 합니다"라는 답이 선뜻 나오지 않았다. 매일 함께 회의하고, 밥도 먹고, 차도 마시는 동료라면 그 정도는 이해해 줄 수 있는 게 아닌가 싶었기 때문이다. 하지만 결국에는 "상대방이 불편해하고 일과 관계없는 질문이라면 하지 않으시는 게 맞죠"라고 답했다. 그는 실망한 기색을 숨기지 못했다.

사실 그의 질문에 정답이란 없을지도 모른다. 당사자 외에는 그들이 어떠한 관계인지 제대로 알 수 없기 때문이다. 누군가에게는 허용되는 이야기이지만, 또 다른 누군가에게는 불편하게 느껴졌을 수도 있다. TMI도 비슷한 맥락의 고민거리이다. 어떤 이에겐 과했던 이야기가 친밀한 사이에서는 아무렇지 않게 받아들여진다. 때로는 TMI를 통해 관계가 깊어지기도 한다. 투 머치Too Much의 기준은 고정적이지 않고 가변적이다.

커뮤니케이션은 기본적으로 쉽지 않은 일이다. 그럼에도 불구하고 소통을 포기하지 않고 깎고 다듬으며 관계를 만들어

가야만 한다. 단 한 줄의 낭비 없이 할 말만 딱 하고 끝맺는 대화에서 깊은 관계로의 발전을 기대할 수 있을까. 상대방의 이야기가 조금 불필요하고 길게 느껴져도 배려하고 기다려준다는 뜻을 가진 신조어가 나오면 좋겠다.

눈치 챙겨?
그거 어떻게 하는 건데

대한민국의 대표 예능으로 손꼽히는 〈무한도전〉은 모든 출연자가 개성 있는 캐릭터를 가지고 있다. 출연자 중 한 명이었던 코미디언 정형돈의 경우에는 '재미없는 애'라는 캐릭터를 맡고 있었다. 당시 정형돈은 자신의 직업이 코미디언인데 못 웃긴다는 역설적인 캐릭터를 받아들이기 힘들었다고 한다. 특히나 그를 괴롭게 했던 건 재미없는 캐릭터라서 어떤 이야기를 해도 차갑게 식어버리는 촬영장의 분위기였다. 정형돈은 그 압박 때문에 자신감을 잃었다고 고백했다.

한 연예인만의 특수한 문제는 아니다. '갑분싸'라는 신조어

1부 당신의 말이 무해하다는 착각

는 우리의 일상에 이러한 일들이 비일비재하다는 사실을 보여준다. 사실 의미만 놓고 보면 비하하려는 목적이 있는 것은 아니다. '갑자기 분위기 싸해짐'의 줄임말로, '갑분핫(갑자기 분위기 핫해짐)', '갑분띠(갑자기 분위기 띠용·)'와 같이 특정한 순간을 재미있게 드러내는 표현에 지나지 않는다. 문제는 갑분싸를 사람에게 사용하는 경우이다.

메신저의 단체 채팅방에서 갑분싸라는 말을 듣고 난 뒤 메시지를 보내기가 무서워졌다는 한 학생의 고백을 봤다. 그때부터 갑분싸라는 표현을 다시 생각하게 됐다. 한국 사회는 마치 분위기를 즐겁게 유지해야만 한다는 법이 있는 것처럼, 분위기가 깨지면 원인 제공자를 지목해 무안을 주곤 한다. 어쩌면 갑분싸는 '인싸(인사이더insider의 줄임말로, 각종 행사나 모임에 적극적으로 참여해서 사람들과 잘 어울려 지내는 사람)'를 추앙하고 '아싸(아웃사이더outsider의 줄임말로, 무리에 어울리지 못하고 혼자 지내는 사람)'를 비웃는 관념이 만들어낸 결과물일지도 모른다.

분위기를 잘 띄우는 분위기 메이커가 있다면, 반대로 분위기를 못 맞추는 사람도 있을 것이다. 모두가 같은 능력을 갖추고 있을 리 없고, 이는 반드시 함양해야 하는 필수 역량도 아니다. 소통 방식이 조금 다른 것일 뿐, 갑분싸라고 놀림받으며 다체 채팅방에서 숨죽여야 할 잘못까지는 아니라는 이야기이다.

갑분싸,
즐거워야 한다는 압박감

이런 관점에서 생각을 하다 보니 '눈치 없는 새끼'의 줄임말인 '눈새', '넌 씨발 눈치도 없냐'의 줄임말인 '넌씨눈' 등과 같이 비속어를 섞어 눈치 없는 사람을 몰아세우는 표현 역시 경계하게 됐다. 넌씨눈이라는 말은 흔히 상대를 배려하지 않고 상황에 맞지 않는 말을 하는 사람을 가리킨다. 가령 직장에서 업무가 너무 많아 일주일 내내 야근했다고 한탄하는 친구에게 다음과 같이 말하는 식이다. "진짜 힘들겠다. 나는 여태까지 야근한 적이 손에 꼽는데. 가끔 일이 너무 많아서 팀장님한테 힘들다고 말하면 팀장님이 자기가 하겠다고 나는 퇴근하라고 하더라. 나 진짜 좋은 회사 들어온 것 같아."

이러한 경우, 힘들어하는 친구에게 위로의 말을 전하기는커녕 화를 돋우는 말을 하는 사람에게 넌씨눈이라고 일갈함으로써 분노를 해소하는 효과가 있다. 그런데 단어가 주는 쾌감이 너무 컸기 때문일까? 이제는 넌씨눈이라는 단어가 지나치게

1부 당신의 말이 무해하다는 착각

광범위하게 사용되는 경향이 있다. 상대의 입장에서 생각하지 않는 사람뿐만 아니라 자신과 다른 관점을 가진 사람에게까지 사용해 의견을 묵살하는 데 활용하곤 한다.

EBS의 인기 캐릭터 펭수의 "눈치 챙겨"가 유행어가 된 현상은 타인의 입장을 배려하지 못하는 사람이 많은 현실을 방증한다. 하지만 한편으로 눈치라는 건 노력한다고 해서 어느 날 짠 하고 생겨나는 성질의 것이 아니다. 눈치 없는 행동으로 다른 사람에게 피해를 주었다면 그 행위로 잘잘못을 가려야 하지, 눈치가 없다는 성향만으로 욕설이 섞인 비하 표현을 감당하는 것은 불편하다.

몇 해 전 한 커뮤니티에 동기가 질문에 잘 답해주지 않아 고민이라는 글을 올린 직장인은 많은 사람에게 '물음표 살인마'라는 조롱을 받아야 했다. 편을 들어주고 싶어도 질문의 정도가 지나쳤다는 이유였다. 물론 직장 동료라고 해서 모든 질문에 답을 해줘야 하는 건 아니다. 계속해서 이어지는 질문에 답하다가 본인의 일을 끝내지 못했다면 당연히 화가 날 수도 있다. 하지만 살인마라는 말까지 붙여가며 놀리는 건 질문 자체를 주저하게 만드는 일이 아닐까 걱정스럽다.

구글의 한 임원에게 리더십에 관한 강연을 들은 적이 있다.

그는 구글의 가장 중요한 조직문화로 '모르는 게 있다면 숨기지 않고 질문하는 것'을 지목했다. 잘 모르겠다고 말하는 건 부끄러운 일이 아니다. 오히려 누군가가 모르는 것을 가르쳐주며 문제를 해결하기 위한 힌트를 얻을 수 있고, 혹은 업무 분장이 잘못된 것이라면 빠르게 바로잡을 수 있어 조직에 도움이 된다.

종종 기업에 '밀레니얼 세대와 일하는 법'을 주제로 강연에 나선다. 기성세대에게 전하는 피드백 원칙 중 한 가지는 '질문하듯 혼내지 마라'이다. "이걸 몰라요?", "안 배웠어요?", "그때 분명 이렇게 하라고 가르쳐주지 않았나요?"와 같은 피드백은 신입사원에게 꾸중으로 들린다. 따라서 이후 모르는 것을 물어볼 엄두를 내지 못하게 된다. 그들에게 필요한 건 언제든 질문할 수 있는 분위기이다. 신입사원들은 경험이 없으니 당연히 모르는 게 많을 텐데, 눈치껏 필요한 질문만 하라는 것은 너무 과한 요구이다.

'알잘딱깔센'은 이러한 압박감이 낳은 신조어가 아닐까 싶다. '알아서 잘 딱 깔끔하고 센스 있게', 즉 하나하나 가르쳐주지 않아도 잘 처리해 달라는 말로, 사람들과 관계를 맺을 때 이들이 원하는 바가 그대로 반영된 표현이라 놀랐던 기억이 있

1부 당신의 말이 무해하다는 착각

다. "모던하면서도 클래식하게 디자인해 주세요"와 같은 지시를 갑질이라 받아들이는 세대가 완벽함에 대한 바람을 아무렇지 않게 말하게 될 줄은 몰랐다.

우리는 모두 완벽하지 않다. 눈치를 잘 살펴서 요령 있게 일을 처리하는 사람도 있지만, 분위기를 몰라서 실수하는 사람도 있다. 그럴 때마다 "눈치가 없다", "선을 넘었다"라고 무안을 주는 건 다른 이의 실수를 용납하지 않겠다는 선언처럼 들린다. 분위기 정도는 가끔 깨져도 괜찮다. 가라앉은 분위기는 분위기 메이커들이 다시 살리면 된다. 사회성이나 커뮤니케이션은 공부처럼 외워서 기를 수 있는 역량이 아니다. 다른 이의 한계를 대하는 데 필요한 태도는 선을 긋는 단호함이 아닌 약간의 배려이다.

튀지 마,
평범하게 행동해

학생이 수업이나 강연에서 적극적으로 질문을 하거나, 연예인이 정치적 성향을 밝히거나, 유명인이 사회문제를 다룬 캠페인에 참여할 때 사람들은 그들을 '관종'이라 부르는 경향이 있다. '관심 종자'의 줄임말인 관종은 초기에는 관심을 받기 위해 악의적인 글을 올리는 사람들을 비난하고자 사용되었으나, 지금은 튀는 행동이나 말을 하는 사람에게까지 그 범위가 확대되었다. 관심을 받고 싶어 저러느냐는 비아냥거림에서 시작하여, 그가 주목받는 상황을 막기 위해 아예 무시해 버리는 일명 '먹금(먹이 금지)'을 해야 한다고 주장하기도 한다.

1부 당신의 말이 무해하다는 착각

관종은 악성 댓글에서 자주 볼 수 있는 표현 중 하나이다. 관심을 받아야만 하는 연예인들 또한 관종이라는 비난으로부터 자유로울 수 없다. 스마트폰이 보편화되며 SNS가 활발하게 사용된 이후로는 더 많은 이들이 관종이라는 비난에 노출되고 있다. 팔로워가 인기의 척도인 SNS에서, '좋아요'를 더 많이 받기 위해 눈에 띄는 게시물을 올리는 사람들에게는 으레 관종이라는 딱지가 붙는다. 이는 결국 관종이라 낙인찍히는 일이 두려워 표현에 소극적으로 임하게 되는 결과를 가져온다. "나 이거 SNS에 올리면 좀 관종 같아?"라고 걱정하는 사람들을 주변에서 심심치 않게 볼 수 있다.

이는 한국 사회에만 존재하는 표현은 아니다. 영어권에서는 어텐션 호어attention whore 혹은 어텐션 시커attention seeker, 일본에서는 가맛테찬かまってちゃん 등으로 부른다. 이외 독일, 이탈리아 등의 유럽 국가에도 남의 눈에 띄거나 관심을 받고 싶어 하는 사람을 지칭하는 명사가 있다고 한다. 즉, 관심에 대한 욕구와 이를 불편하게 보는 시선은 전 세계에서 공통적으로 나타나는 현상이다.

하지만 우리나라는 관종의 잣대가 조금 과한 면이 있는 것 같다. 우리 사회는 유독 소수가 튀는 모습을 견디지 못한다. 나와 다르게 생각하거나 행동하는 모습을 잘 받아들이지 못하는 것이다. 그럴수록 각자의 개성은 묻히고, 의견을 말하기를 주저하게 된다. 수업시간에 자신 있게 손 들고 질문하는 학생이 거의 없는 것도, 아주 어린 나이부터 영어를 학습하는데도 영어로 말하는 걸 유난히 부끄러워하는 이들이 많은 것도 어쩌면 관종의 압박 때문인지도 모른다.

관종,
모난 돌이 정 맞는 사회의 돌연변이

관종에 대한 거부감은 유별난 한 명 때문에 사회의 안정이 깨질지도 모른다는 두려움과, 그가 특별하게 주목받는 상황에 대한 시샘이 합쳐진 결과가 아닐까 싶다. 손해 보지도, 뒤처지지도 않겠다는 심리적 방어가 다른 이를 관종으로 치부하고 비난하게 한다. 우리 사회는 무섭도록 경쟁적인 구조라서 관심을 얻어내는 것 자체가 생존의 조건이 되기도 한다. SNS가 역량인 시대에 관심의 정도는 사회적인 영향력과 비례하기 때문에, 누구든 이를 증명받고 싶어 한다. 어쩌면 관종에 대한 비난은 관종에 대한 욕망에서 비롯된 것일지도 모른다.

관심을 받고 싶어 하는 건 죄가 아니다. 사회성을 지닌 인간의 기본적인 욕구일 뿐이다. 최근에는 다른 사람의 이목을 끌고 싶다는 건강한 욕구를 인정하고, 더 나아가 이를 하나의 능력으로 인정하는 추세이다. 혼성그룹 샵 출신의 이지혜 역시 '밉지않은 관종언니'라는 유튜브 채널을 개설해 긍정적인 관종의 이미지를 각인시키는 데 성공했다.

　더 많은 '좋아요'를 얻기 위해 재미있는 글을 쓰고자 노력하는 나처럼, 모두가 각자의 방식으로 관심을 바란다. 공감을 많이 받는 방식으로 소통할수록 감추기 쉬울 뿐, 우리 대부분이 관심받고 싶다는 욕망을 가지고 있다는 점은 변하지 않는다. 그 방법이 나와 다르다고 해서 모두 관종이라 규정하고 비난하면, 이는 결국 스스로를 틀에 가두는 일이 될 것이다. 그들을 조금 너그럽게 바라보는 여유가 필요한 시점이다. "튀지 마"라고 말하는 사회보다는 "색다르다"라고 격려하는 사회가 훨씬 더 매력적이니 말이다.

끼어듦의 자격은
어디서 주나

"쟤는 또 뭔데 난리지? 여긴 들보가 낄 자리가 아니야."

커뮤니티 게시판에서 논쟁이 일어날 때마다 '들보' 발언이 빠지지 않는다. 들보는 '이제껏 듣지도 보지도 못했던 잡것'의 줄임말로, 뜬금없이 튀어나온 존재를 깎아내리는 데 사용된다. 의견을 주고받는 일에 왜 자격이 필요한지는 모르겠지만, 다툼은 번번이 들보는 토론에 낄 자격이 없다는 공격으로 이어진다.

들보는 인기에 대한 욕망이 만들어낸 표현이다. 명성이 있어야만 대화에 낄 수 있고, 인지도가 있어야만 성과를 내는 것이 가능하다는 논리이다. 모두가 신입 때 이름을 알리기 위해 노력하는 과정을 거치는데, 우리 사회의 분위기는 초심자의 고군분투를 인정해 주지 않는다.

이러한 현상은 특히 연예계에서 흔하게 일어난다. 이를테면 신인 배우가 유명한 작품의 배역을 맡았다거나, 무명 가수의 노래가 갑작스레 인기를 얻게 되었을 때이다. 그럴 때면 사람들은 그들을 듣보의 프레임에 가둬 낮게 평가하곤 한다. 이런 일이 반복되면 신인의 등장은 요원해지고, 익숙한 얼굴의 유명한 사람들이 비슷한 느낌으로 자리를 지키게 된다. 자격 논란이 구태로 이어지는 셈이다.

지금 우리 사회는 공정성을 예민한 눈초리로 감시하는 분위기이다. 그래서일까. 신인이 평균을 상회하는 성취를 이루더라도 의심을 거두지 못하는 것 같다. 성공의 배후에 모종의 관계가 있는 것이 아닌지 따져 묻기도 하고, 혹은 '금수저'라 출발점부터 유리하지는 않았는지를 확인하려 한다. 하지만 아무리 '개천에서 용 난다'가 옛말이라고 해도, 가끔은 영화 같은 놀라운 성공도 있다. "초보자가 무슨 우승을 해?", "신인이 어떻게 1위를 해?"라고 선을 그어버리기엔 인간사가 늘 정해진 각본대로 움직이지만은 않는디.

들보는 스스로를 위축시키는 프레임이다. 누구에게나 초심자 시절이 있다. 한 분야에서 인지도를 얻은 사람도 자신의 분야가 아닌 곳에서는 낯선 사람이다. 들보가 감히 어딜 끼느냐며 배척하는 대신 초심자에게도 사회적 인지도가 있는 사람과 마찬가지로 정당한 자리를 내어주어야 한다. 아는 사람끼리만 어울리다가는 고인 물이 되기 십상이다. 신예에게는 유명인과 어울리며 꿈을 키울 기회가, 유명인에게는 도태되지 않기 위한 새로운 시각이 필요하다. 그런데 우리는 왜 이 당연한 이야기를 외면하고, 서로를 평가절하하고 있는 걸까.

들보 논란은 대학에서도 흔히 불거진다. 한국에 있는 대학교는 368개에 달한다. 하지만 수험생이 몰리는 곳은 서울 소재 대학교 30여 개, 지역 거점 국립대학교 10여 개에 불과하다. 그 외 대다수의 대학교는 '지잡대' 취급을 받기 일쑤이다. "들어보지도 못한 대학을 나와놓고 이 회사에 지원하다니 배짱도 좋네"와 같은 폄하 발언들이 여전히 사회에 만연하다.

들보,
네임밸류에 대한 욕망

사람들은 메이저를 원한다. 메이저 신문사가 아니면 기사의 신뢰도가 낮다고 매도하고, 유명한 대형 기획사에 소속된 아이돌이 아니면 성공하기 힘들 것이라 단언한다. 대기업이 아닌 중소기업에 다니면서 무슨 희망과 미래가 있느냐며 비웃기도 한다. 모두가 메이저를 꿈꾸며 노력하지만, 한편으로는 자신보다 수준이 낮다고 판단한 이에게 선을 넘지 말라며 한계를 부여한다. 듣보라는 벽을 세워 수준을 가르고 메이저의 영역을 넘보지 말라고 경고한다. 듣보는 멀리 있지 않다. 바로 우리가 속한 일상의 이야기이다.

연예인 유병재가 tvN의 예능 프로그램 〈SNL 코리아〉에서 "다 경력직만 뽑으면 나 같은 신입은 어디서 경력을 쌓나"라고 절규하던 장면은 취업준비생과 사회초년생의 공감대를 불러일으켰고, 오랫동안 인기 있는 이미지로 사용되었다. 경력을 쌓아가려고 노력하는 신입을 응원하고 싶다. '듣보가 감히 어디서'인 사회가 아니라, 뉴페이스라 더 환영받는 사회가 되길 바란다.

잘 마셔야만 한다는
규칙

대학을 다닐 적, 우리 학과는 술을 많이 마시기로 유명했다. 자주 마시기도 했지만, 한번 마실 때 정말 많이 마셨다. 술집에서도 맥주보다는 소주를 주문하는 일이 더 많았다. 주량이 센 친구들은 가장 늦게까지 남아 있는 특권(?)을 누렸으나, 주량이 약한 친구들은 금세 쓰러져 자거나 일찍 집으로 보내지곤 했다.

사실 다 같이 기분 좋게 마시는 게 목표라면 각자 주량껏 마시면 될 일인데 한국의 술자리에는 속도를 맞춰야 한다는 이상한 규칙이 있다. 그래서 술을 거절하면 분위기를 깬다는 핀잔을 들어야 하고, 술을 받아 마시다 취하면 민폐를 끼치는 사람으로 전락한다. 이래저래 주량이 약한 사람들은 죄인이 되고 만다. '알코올 쓰레기'의 줄임말로, 술을 잘 마시지 못하는 사람을 쓰레기에 비유한 신조어인 '알쓰'는 이러한 분위기에서 탄생했다.

술은 한국 사회에서 관계를 맺는 데 필수적인 아이템이다. 모르는 사이에서는 어색함을 덜어주고, 친한 사이에서는 쌓였던 묵은 감정을 꺼내게 만든다고 생각하기 때문이다. 그래서인지 술은 선택이 아니라 누구든 예외 없는 의무처럼 여겨지기도 한다. 성인이 되어 술을 마실 수 있게 되자마자 대학교 새터(새내기 배움터)나 MT 등과 같은 행사에 끌려다니고 회사에 들어가면 신입사원 환영회와 워크숍, 각종 회식 등의 술자리가 기다린다.

술자리 스트레스는 꾸준히 거론되는 문제이다. 2019년에 진행한 조사에서는 직장인 10명 중 7명이 회식으로 인해 스트레스를 받는다고 응답했으며(70.8%), 선호하는 회식 형태 중 술자리는 9.9%로 전체 응답 중 최하위를 기록했다.[9] 그럼에도 2020년 코로나 시국이 무색하게 직장인 중 22.2%가 회식을 한다고 답했고, 그중 술자리 회식은 71.2%로 1위를 차지했다.[10] 회식에 대한 인식 조사에서 회식을 싫어한다고 응답한 사람 중 40.7%가 그 이유로 음주를 강요하는 분위기를 지목했다. 회식이 좋다고 응답한 이들은 가장 큰 요인으로 술을 강요하지 않는 분위기(44.6%)를 꼽았다.[11] 2016년 진행된 조사에서 직장인의 70.7%가 '술을 잘 마시는 것이 직장 생활에 도움이 된다'고 응답한 것은 무작정 술자리에 빠질 수도 없는 이유를 알려준다.[12]

알쓰,
알코올 지상주의 사회의 부적격자

모두가 취해 들뜬 분위기를 만들겠다는 목표 아래, 건배하면 술잔은 비워야 한다는 것이 '국룰(국민 룰의 줄임말로, 보편적으로 통용되는 규칙을 뜻하는 말)'이다. "마시면서 느는 거야"라는 말이 오가는 것도 주량이 센 사람에게는 아무렇지 않겠지만, 주량이 약한 사람에겐 여간 고통스러운 일이 아니다.

한번은 얼굴에 안면마비가 온 적이 있다. 회복하기까지 약 6개월간 강제로 금주를 해야만 했다. 술을 전혀 마시지 못하는 상태로 술자리에 참여하니, 술을 마시지 못하는 것이 힘든 일이라는 사실을 알게 됐다. 모두가 건배를 외치는 자리에서 음

료수 잔을 드는 것도 뭔가 눈치 보였고, 거나하게 취해가는 사람들 사이에서 혼자 멀쩡한 상태로 자리를 지키는 것도 지루했다. 고백하자면 나 역시 과거에는 주량이 약한 사람에게 핀잔을 주었던 기억이 있다. 혼자 편하겠다고 요령을 피운다며 놀렸던 것이 그들 나름의 노력을 폄하하고 부담을 지운 일이라 생각하니 참으로 미안했다.

알쓰와 비슷한 표현으로 '맵찔이'가 있다. '맵다'와 '찌질이'의 합성어로, 매운 음식을 잘 먹지 못하는 사람들을 뜻한다. 매운 음식과 술에 약한 사람을 각각 찌질이와 쓰레기라며 비하하는 것은 매운 음식과 술을 잘 먹어야 한다는 특성이 기본값으로 정해져 있음을 의미한다. 한국인들은 유독 술과 매운 음식을 잘 먹어야 한다는 강박이 있다. 그래서 더 못 먹는 사람들을 압박하는지도 모른다. 하지만 알코올을 분해하고 매운맛을 소화하는 것은 신체 기관의 영역으로, 의지로 뛰어넘을 수 없으며 또 뛰어넘어야 하는 문제도 아니다.

나는 서른이 넘어서야 겨우 주량의 압박에서 벗어났다. 반드시 취해야만 재밌는 게 아니라는 사실도 알게 되었고, 운 좋게 술을 강요하는 상사도 없었다. 하지만 모두가 나와 같은 상황에 있지 않다는 사실을 안다. 상사의 기분을 맞춰주기 위해 주량을 넘어서 술을 마셔야 하는 회사도 있고, 법인카드로 고급 양주를 매일같이 결제해야 하는 영업직도 있을 것이다.

소주의 도수는 조금씩 낮아지고 있지만, 술을 마시지 못하는 사람들이 스스로를 알쓰라 자책하는 분위기는 여전히 이어지고 있다. 술에 대한 강요가 없는 상황에서 자신의 주량을 유쾌하게 받아들이며 하는 말이라면 큰 문제가 없겠지만, 과음을 장려하는 술자리에서 알쓰는 넉넉한 주량이라는 사회적 기준에 미달하는 사람이라는 꼬리표를 붙인다.

다행스럽게도 최근에는 대학생들을 중심으로 음주 문화가 조금씩 바뀌고 있는 것 같다. 2019년 대학내일 20대연구소와 디아지오코리아가 함께 진행한 캠퍼스 음주 문화 설문 조사 결과는 술을 강요하는 분위기가 사라지고 있다는 사실을 여실히 보여준다. "술자리에서 술을 강요하는 분위기가 어느 정도 있다고 생각하느냐"라는 질문에 10년 전에는 대학 재학생 41.8%가 매우 그렇다고 대답한 반면, 2019년에는 11.8%에 그쳐 30%나 낮게 나타났다. 덧붙여 10년 전에는 "지금 꺾어 마시는 거야?"가 선배나 연장자와의 술자리에서 가장 자주 듣는 말로 지목됐지만, 지금은 "마실 만큼만 조절해서 마셔"가 52.3%로 압도적인 1위를 기록했다.[13]

1부 당신의 말이 무해하다는 착각

술에 대한 사람들의 인식도 시대에 따라 변하기 마련이다. 이제 사람들은 술을 잘 마시는 것이 당연하다고 생각하지 않으며, 술자리에서도 각자의 차이를 존중하려 한다. 센 주량이 더 이상 미덕이 되지 않는 시대가 가까워지고 있다는 말이다. 그때쯤이면 알쓰라는 말도 구시대의 표현이 되지 않을까 기대해 본다.

3장

단어를 고를 때

우리가 생각해야 하는

것들

지옥에 산다고
말하는 사람들

"부모님이 안 도와주면 서울에 집 사는 건 불가능해." 서울에서 전세살이를 4년째 하고 있는 선배가 쓴웃음을 지으며 말했다. "줄 없으면 승진 못 하지." 대기업에 다니는 친구는 회사 생활이 힘들다고 했다. "이렇게 열심히 해도 취업이 안 되니까 불안하죠." 인턴을 하고 있던 대학생도 걱정이 가득했다.

　모두가 '노오력'을 하고 있지만, 좀처럼 원하는 결과를 거두기 힘드니 '헬조선'이라 말한다. 헬조선은 지옥을 뜻하는 영어 단어 헬hell과 조선의 합성어로, 지옥과도 같은 대한민국의 상황을 가리킨다. SNS에서 헬조선은 사회문제의 원인과 결과를 간단하게 설명해 주는 최고의 단어이다. 이렇게나 열심히 사는데 삶이 힘들다는 건 말이 안 되잖아. 그러니 분명 이유가 있을 거야. 아, 헬조선이라고? 그러면 말이 되지.

헬조선이라는 용어가 언론에 처음 등장한 건 2014년 12월쯤이다. 그해에는 세월호 참사가 있었고, 강남 소재 아파트의 경비원이 주민의 폭언에 분신자살을 시도했고, 항공사 부사장의 회항 요구로 뉴스가 도배되었다. 모두 가해자 한 명만 처벌한다고 해결되는 문제가 아니었다. 사고를 일으킨 회사 뒤에는 정치권력이 얽혀 있었고, 주민들의 인권유린을 고발한 경비원들이 단체 해고를 당하기도 했다. 사회 전반에 만연한 갑질 문제와 권력자들의 오랜 부패가 사고로 불거져 나오던 시기였다. 하지만 누구도 이를 단숨에 해결할 수 있는 묘안을 가지고 있지 않았다. 한국이라는 나라 자체의 문제라고 생각할 수밖에 없었다. 한강의 기적을 이룬, 자랑스러운 대한민국이라는 나라의 한계를 본 것이다.

헬조선이라는 표현은 우리 사회의 불평등을 신분제 사회였던 조선에 빗대어 지적하는 용어였으나, 점점 대한민국 전반을 비판하는 뉘앙스로 의미가 변형되었다. 지옥보다 현재 한국의 상황이 더 무소리하다는 의견이 힘을 얻었다. 지옥은 죄를 지은 자가 벌을 받는다는 점에서는 권선징악이 실현되는 정의로운 곳인데, 대한민국은 '유전무죄 무전유죄'이니 지옥보다 못하다는 것이었다. 조선은 어쨌든 500년 넘게 존속했는데 대한민국은 해방된 지 70년 남짓밖에 안 되었는데 벌써 망조가 들었다는 주장도 나왔다. 유일한 해결책이라고는 한국을 떠나는 것, 탈脫조선뿐이었다. "나 해외 가서 살 거야." 이민을 결심하고 퇴사를 감행한 직장 동료를 걱정하기보다 부러워했던 건 모두가 한국을 헬조선으로 인식하고 있었던 탓이다.

무언가를 좋아하는 것보다는 미워하는 게 더 쉽다. 특히 현재의 삶이 팍팍하다고 느낄 때면 더욱 그렇다. 사람들은 현실이 불행한 이유를 찾고자 했다. 하루를 치열하게 살아내는데도 삶이 나아지는 것 같지 않다면, 실제로도 그건 나의 잘못만은 아닐 거다. 사회를 돌아가게 만드는 제도와 시스템이 잘못되었을 수도 있고, 나아가 그런 정책을 만들어낸 국가가 문제일 수도 있다. 따라서 가끔은 나라 욕도 해야 속이 풀린다.

덕분에 헬조선은 점점 더 자주 사용하는 유행어가 됐다. 국정 감사에서는 청년들이 헬조선을 외친다며 정부에 책임을 물었고, 뉴스 사회면을 채우는 각종 사건 사고들의 원인 또한 헬조선으로 지목됐다. 불행의 원인이라도 찾지 않으면 견디기 힘든 시기였기에, 우리는 이 땅을 지옥에 비유하며 하루하루를 버텨내기 바빴다.

헬조선이 확산된 것은 우리가 사회를 지옥이라고 인식할 만한 사건이 많이 발생했고, 그 의미에 동의하는 사람들이 많았다는 데서 기인한다. 하지만 부정적인 의미를 담고 있는 언어를 일상적으로 사용하면 인식에도 영향을 미친다. 모든 문제의 원인이 헬조선이라고 치부하는 순간 사고의 틀이 규정되는 것이다. 그러다 보면 비극적인 상황이 생길 때마다 원인을 찾아 문제점을 분석하고 해결 방안을 모색하기보다 그냥 헬조선 한번 외치고 체념하는 일이 반복된다. 헬조선을 외칠 때마다 해방감이 아니라 씁쓸한 기분이 드는 건 이 때문이다.

헬조선,
모든 악조건을 용납하고 체념하게 하는 말

지금 우리에게는 사회를 조금 더 정확하게 바라보는 눈과, 사회의 어려운 문제를 해결하려는 적극적인 태도가 필요하다. 물론 그렇다고 해서 모든 부조리를 없애지는 못할 것이다. 하지만 적어도 어쩔 수 없다며 자기 자신과 사회를 한계에 가두는 일은 조심해야 하지 않을까. 실패했다면 더 철저하게 원인을 찾아 개선해야 한다. "헬조선이라 그래. 어쩔 수 없어" 혹은 "탈조선만이 답이야"라는 표현만큼 우리를 어두운 바닥으로 끌어내리는 건 없다.

『우리는 왜 일하는가』의 저자 배리 슈워츠 사회행동학 교수는 조직문화의 핵심으로 안정성을 꼽는다. 내가 소속된 집단이 안정적일수록 구성원들은 문제를 더 잘 풀어간다. 실제로 구글, 넷플릭스 등 다양한 글로벌 회사에서 좋은 기업문화를 만드는 데 필요한 핵심 가치로 설명하는 요소 중 하나가 안정성이다.

이는 기업에만 해당하는 이야기가 아니다. 국민이라는 구성원으로 이루어진 국가 또한 마찬가지이다. 국가가 안정적이라고 느낄 때 비로소 국민은 일상의 문제를 잘 처리하고 건강하게 사회를 이끌어나갈 수 있다. 현실을 지옥에 비유하는 사회적 분위기 속에서 살아가는 개인들이 삶을 단단하게 만들 것이라 기대하긴 힘들다.

물론 진짜로 한국을 좋은 나라라 생각하고 사랑하려면 이 사회가 풀어야 할 숙제가 많다는 것도 사실이다. 사회 불평등,

계급론, 이에 따른 N포 세대…. 해결하기 어려운 여러 문제 앞에서 떠오르는 대안이라곤 오로지 한국을 떠나는 일밖에 없다는 것도 모두가 끄덕이는 현재의 모습이다.

하지만 아무리 그래도 지옥까지 내려갈 순 없다. 소득 격차가 심해지며 사회갈등이 더 많이 보이는 것은 우리나라만의 현상이 아닌 전 세계적인 흐름이다. 우리가 지옥에 살고 있다고 표현할수록 떨어지는 자존감은 사회가 아니라 우리 자신의 몫일지도 모른다.

한국인만
그렇다고 한다

- 카페에 핸드폰이나 지갑은 두고 가도 안 없어지는데, 자전거만 오질나게 훔쳐감. 한국인 종특ㅋㅋ

- 양궁에서 금메달 따는 건 한국인 종특이라서. 옛날부터 활쏘기 민족임

- 남 잘되는 꼴은 죽어도 못 봄

- 공항에서는 한국인 뒤만 따라가면 됨. 제일 빠름

'한국인 종특'이라는 제목을 단 게시물들이 있다. "매워?"는 외국인에겐 "매콤한가요?"를 의미하지만 한국인이 물을 때에

는 "이거 먹고 죽지는 않죠?"의 뉘앙스에 가깝다고 한다. 비슷한 사례로 카페에서 빈자리에 스마트폰이 놓인 것을 보면 외국인은 '와! 저거(스마트폰) 탐난다'라고 생각하지만, 한국인은 '와! 저 자리 탐난다'라고 생각한다는 것이다. 이처럼 한국인들만 중요하다고 생각하는 무언가, 혹은 한국인들 사이에서만 유난히 차별화되는 성향을 '종특'이라고 말한다.

종특은 '종족 특성'의 줄임말로, 게임 월드 오브 워크래프트World of Warcraft, WoW에서 플레이어가 어떤 종족을 선택하느냐에 따라 게임을 다른 스타일로 플레이할 수 있다는 데에서 유래한 표현이다. 하지만 점차 비유적으로 사용되어, 최근에는 인종 혹은 민족의 특성을 이야기할 때 활용되고 있다. 특히 한국인의 주요 행동 양태를 묶어 이야기할 때 많이 쓰인다. '빨리빨리의 민족', '게임을 진짜 잘하는 국민', '금을 모아서 외환위기를 이겨내는 애국심의 나라'. 한국인으로서 무언가를 해낼 때, 그 영광을 개인보다는 민족의 특성으로 돌리는 데 익숙한 것인지도 모른다.

그 때문에 우리는 돋보이는 모든 성과에 종특 딱지를 붙여버린다. 우리나라 기업이 세계에서 놀랄 만한 성과를 내도, 누군가가 땀 흘려 금메달을 쟁취해도 한국인 종특 덕분이라 치하하며 '한국 민족이기 때문에 가능했다'는 틀을 만든다.

한편 종특은 비하의 순간에도 불쑥 튀어나온다. '남 잘되는 거 절대 못 보고 쓸데없이 오지랖은 넓은 국민', '냄비 근성의 나라', '그냥 좋게 넘어갈 수 있는 문제도 반드시 싸움을 붙이는 전투 민족' 등의 표현이 대표적인 예시이다. 국민성에 흠집이 나는 순간 민족의 습성 때문이라고 자조하는 것이다.

종특이라고 규정하는 순간 그것은 유전자의 문제가 되고, 결국은 '고칠 수 없다'는 결론에 다다른다. 생물학적 특성처럼 여겨져서 더 쉽게 포기하게 된다. 이는 문제의 원인을 찾기보다 결과를 보고 일반화하는 대표적인 논리의 오류이다. '원래 그렇다'는 단정 앞에서 노력은 의미 없는 행동으로 전락한다.

종특,
한국인인 덕분에, 혹은 때문에

하지만 종특이라 불리는 성향들은 대부분 코호트cohort적 특성에 가깝다. 특정 시기에 특정 문화를 같이 경험한 사람들에게서 공통으로 발현되는 경향이라는 뜻이다. 즉 단군신화로부터 이어진 우리의 유전자나 피 때문이 아니라, 같은 시대의 사회와

문화를 공유하며 자연스럽게 나타나는 유사한 사고 및 행동 양식으로 보는 것이 적절하다. 나라마다 문화가 다르니 특성 또한 다르게 나타나는 게 당연하다. 종특이라고 규정하며 덮어놓고 칭찬하거나 질책할 일이 아니라, 긍정적인 요소는 발전시키고 부정적인 요소는 고쳐야 한다고 받아들이는 노력이 필요하다.

무엇보다 종특이라는 표현은 개인의 노력을 무시하고 전체를 앞세운다는 점에서 위험하다. 국내 가수가 전 세계적으로 인기를 얻거나 해외 매체에서 우리나라가 코로나 방역의 성공 사례로 거론될 때, 우리는 이를 K팝이나 K–방역으로 명명하며 애국심의 근거로 활용한다. 결과적으로 성과를 거두기 위해 쏟아부은 개인의 재능과 노력은 제대로 주목받지 못하는 경우가 많다. 한편 한국의 사회문제가 불거지는 경우에는 냄비 근성을 운운하며 모든 한국인을 문제의 대상으로 삼는다. 구체적으로 상황을 진단하기보다 전체 집단에 대한 비난으로 사회의 관심이 치중되어 문제 해결에는 전혀 도움이 되지 않는다.

우리가 종특이라는 말을 가볍게 내뱉는 동안 '한국인은 원래 그렇다'는 고정관념은 점점 더 강화되고 있을지도 모른다. 모든 공과 책임을 집단에 돌리기보다, 개인에게 정당한 평가를 돌려주는 분위기가 정착되길 바란다.

서울이
아직도 최고라고?

어렸을 때부터 잘 이해가 되지 않았던 표현이 있다. 바로 '상행선'과 '하행선'이다. 서울을 향해 가는 버스나 기차의 노선을 상행선이라 부르고, 서울이 아닌 지역을 향해 가는 노선을 하행선이라 부른다. 기호상 북쪽이 남쪽보다 위에 있는 것처럼 표기되기 때문일 수도 있지만, 저변에는 '서울이 최고이다'라는 의식이 깔려 있다는 의심도 살며시 든다.

　물론 서울이 객관적 수치로 볼 때 다른 지역보다 발전이 많이 이루어졌음을 부정하기는 어렵다. 2021년 4월 기준 서울의 인구는 약 959만 명으로, 대한민국 제2의 도시로 불리는 부산

　　　　　　　　　　　1부 당신의 말이 무해하다는 착각

(약 337만 명)보다 두 배 이상 많다. 그에 따라 대중교통과 인프라 역시 잘 구축되어 있다. 하지만 그렇다고 해서 서울이 지방에 비해 더 높은 곳은 아니다.

상행선/하행선,
서울이 정상에 있는 사회

예전에는 시골을 촌이라 불렀고, 시골 출신의 사람들을 촌놈이라 일렀다. 이들은 각종 미디어에서 순박하지만 어수룩한 이미지로 표현됐다. 반면에 서울에서 전학 온 친구는 똑똑하고 멋있는 모습으로 그려지곤 했다. 하지만 이제 이러한 시대착오적인 클리셰는 받아들여지지 않는다. 실제로 네이버 웹툰 〈외모지상주의〉는 경상도 출신의 함선농이라는 캐릭터를 세상 물정 모르는 고등학생으로 묘사했다가 비난을 받기도 했다.

촌이라 부르는 곳의 교육이나 의식 수준이 낮다는 건 옛날 이야기이다. 오랜 기간 국토는 꾸준히 개발되고 발전돼 왔다. 도로가 확충되었고, 문화시설이 들어섰고, 교육 수준 또한 크게 향상되있다. 논밭이 늘어선 한적한 풍경을 기대했다면 실망할 수도 있다. 이제 서울만 대도시라 생각하고 그 외의 지역은 시골이라 취급했던 이분법적 시각을 고쳐나가야 한다.

이런 이야기 뒤에는 늘 현실적인 비판이 따라붙는다. "지방이 아무리 발전해 봐야 서울이랑 비교하는 건 무리지", "사람들이 서울과 지방 중에 선택하라고 하면 어딜 고르겠어? 서울이겠지"와 같은 지적은 얼핏 일리가 있어 보인다. 국토의 균형 있는 발전을 위해 노력하고 있지만, 여전히 서울과 그 외 지역의 인프라는 크게 차이가 난다. 중앙집권적 행정 때문에 서울 외의 지역은 정책과 특혜에서 소외되어 '서울 공화국'이라는 말까지 나오고 있는 실정이다. 이것이 서울의 땅값이 제일 비싸고, 인서울의 욕망이 가시지 않는 이유이다.

하지만 무리하게 서울과 지방이 같다고 이야기하려는 것이 아니다. 서울이 최고라는 이미지를 고쳐 쓰자는 거다. "서울로 가야만 성공한다"는 오랜 조언을 버릇처럼 입에 담고 있다면 가만히 되짚어 봐야 한다는 이야기이다. 지방 혹은 촌에 대한 우리의 고정관념을 돌아볼 때이다. 지방 사람들은 어수룩하지 않으며, 시대에 뒤처져 있지도 않다. 무엇보다 상행선, 하행선과 같이 서울을 중심에 두고 이야기하는 습관은 지금도 심각한 문제로 거론되는 지역 격차를 더욱 심화할 위험이 있다.

〈각 지역 사람들이 제일 싫어하는 질문〉

부산시: 집에 배 있어? 매일 회 먹어?

강원도: 감자 자주 먹어?

제주도: 너네 집도 귤나무 키워?

가끔 인터넷에는 이와 같은 게시물이 올라온다. 유머성 글이지만, 각각의 지역을 이해하려는 노력 없이 하나의 특성만을 내세워 이미지를 고착화하는 것 같아 좋아 보이지는 않는다. 온라인 커뮤니티에 서울 외의 지역을 무시하는 친구 때문에 스트레스를 받는다는 글이 종종 올라오는 것도 이러한 경향과 무관하지 않다. 서울이 아니면 모두 시골이라고 생각하고, 지방이 아무리 살기 좋아도 서울만 못하다는 자부심을 가지고 있는 이들이 많다. 상행선이라는 표현이 익숙해질수록, 우리 또한 서울의 수준이 다른 지역보다 높다는 자의식에 빠져갔던 것 같다.

2019년 한국의 인구밀도, 단위면적당(1㎢) 거주 인구는 515명이다. 그런데 서울은 1만 5,964명에 달한다. 무려 평균보다 30배나 많은 수치이다.[14] 서울에 인구가 몰릴수록 기반 시설과 편의 시설은 서울에 집중되고, 그 외 지역은 소외될 것이다. 집

값 상승과 교통 체증 등 서울의 고질적인 문제 또한 점점 더 해결하기 어려워질 것이다. 지역 격차는 우리 사회의 오래된 문제이다. 이를 해소하기 위해서는 우리의 의식에 직접적으로 영향을 미치는 언어 습관부터 점검해 볼 필요가 있다.

남의 수저엔
관심 없다

'흙수저'는 가난을 대표하는 표현이다. 부모가 자식을 지원해주는 능력이 뛰어나면 '금수저', 부족하면 흙수저가 된다. 이러한 '수저계급론'은 부모의 부_富가 자식에게 대물림되는 계급사회적인 모습을 꼬집기 위해 등장했다. 하지만 금수저가 소수 특권층의 비리를 비판하기 위해 사용되는 반면, 흙수저는 서민 계층이 가난한 처지를 자조하는 단어로 자리 잡았다.

부를 기준으로 사람을 재단하는 건 꽤 오래된 행태이다. 돈만 있으면 무엇이든 할 수 있다고 여기는 인식이 만연해지며 부유함은 점점 더 큰 권력으로 평가받고 있다. 이러한 사회 분위기에서 탄생한 수저계급론은 노골적이고 공격적인 양상을 띤다. 사람들 또한 자신뿐만 아니라 부모 세대까지 얽혀 있으니 더 예민하게 반응할 수밖에 없다.

과거 한 방송에서 아이들에게 "부자지만 바쁜 부모님과, 가난하지만 가정적인 부모님 중에 누구를 선택하겠니?"라고 질문한 적이 있다. 이에 한 초등학생은 다음과 같이 답변했다. "돈 많이 버는 부모님을 선택하겠습니다. 좋은 추억을 쌓을 수 있기 때문입니다. (…) 반면 가난하면 아무리 가정적이라고 해도 가난해서 나쁜 추억만 쌓을 거잖아요." 이는 가난하면 불행할 것이라 낙인 찍는 사회적 편견이 아이들에게까지 미치고 있음을 여실히 보여준다.

흙수저와 같은 표현이 빈번하게 등장하는 건, 어쩌면 사회가 자조어로밖에 설명할 수 없는 방향으로 변한 탓일지도 모른다. 과거에는 집이 어려워도 공부를 열심히 하거나 성실히 일하면 환경을 극복할 수 있다는 희망이 있었지만, 지금 우리 사회는 사다리가 무너져 일명 '좋은 배경'을 가져야만 사회적 명망을 얻기에 유리하다. 사회적 위치는 대물림되고, 계급을 바꾸기는 점점 더 어려워진다. 실제로 2018년 OECD가 발표한 보고서에 따르면, 한국의 소득 하위 10% 계층에 태어난 자손이 평균 소득을 버는 중산층이 되기까지 걸리는 기간이 다섯 세대에 이른다.[15] 그러니 흙수저로 태어난 자신의 운명을 비관하며 가정을 원망하고 사회를 비난하게 된다.

흙수저,
바꿀 수 없는 것을 비관하게 만드는 자조어

하지만 생각해 보자. 금수저라 부를 만한 사람은 소수이다. 그리고 금수저와 흙수저를 가르는 지표가 정해진 게 아니다 보니 상대적 기준에 기대기 십상이다. 예를 들어 부모님이 서울 소재 아파트를 가지고 있고 대학교 등록금을 지원받을 수 있다면 어떤 친구는 나를 금수저라 부를지도 모른다. 하지만 내가 보기엔 더 큰 평수의 아파트에서 거주하며 집안의 도움으로 유학까지 다녀온 다른 친구가 금수저이다. 일반적인 기준이야 있겠지마는 개인의 마음속에서 금수저와 흙수저는 상대적 기준에 따라 나뉜다.

가난은 그 자체가 아니라 그것을 바라보는 사회적 시선에 의해 부끄러운 것이 된다. 경제적 능력으로 사람을 평가하고 배려에 인색한 분위기가 만연하면 돈이 없다는 이유로 위축될 수밖에 없다. 주변에 싫은 소리를 당당하게 하지 못하고, 또 무언가를 부탁할 때마다 주눅이 든다. 수저론은 이러한 경향을 더욱 심화할 위험이 있다.

"이런 평수의 남자와 결혼하셨다는 게 신기합니다."

아내가 얼마 전 블로그에 올린 '원룸 느낌 아늑한 13평 신혼집' 포스팅이 네이버 메인에 올랐다. 25만 명이 방문했고, 그중 400명은 댓글도 남겼다. 대부분 '예쁘게 잘 꾸몄다'는 칭찬 일색이었는데, 한 남자가 산통을 깨고 저런 댓글을 남긴 것이다.

속으로는 '그래 너 큰 집에 살아서 좋겠다, 이 자식아'라며 열불이 났지만, 엄밀히 말하면 틀린 말은 아니었다. (이런 평수의 남자와 결혼해 주셔서 감사합니다.) 하물며 그런 평수의 집이 대출 낀 전세라면 말 다 했다. 흔히 시끄럽게 떠드는 사람에게 "당신이 여기 전세 냈어?"라고 말하는 것도 옛말이다. 쉬지 않고 뛰어다니는 강아지 두 마리 발소리에 아래층에 사시는 주인 할머니께서 시끄러워하실까 마음 졸이며 사는 것이 전세살이니까 말이다.

하지만 일반적으로 갓 서른의 신혼부부가 부모님께 손 벌리지 않고 서울 한복판에 내 집을 갖기란 요원한 일이다. 남자의 댓글에 기분이 나쁘긴 했지만, 우리는 우리만의 만족대로 느리지만 적당하게 살아가면 될 일이다. 원래 게임도 현질하면 금방 질리는 법 아니던가.

내 나이가 결혼적령기라 그런지 결혼하고 난 뒤, 주변으로부터 결혼 준비에 대한 질문을 굉장히 많이 받는다. 그중 상당수는 "돈을 많이 모으지 못했는데, 결혼할 수 있을지 모르겠다"는 거다. 그럴 때마다 한 가지 확실하게 말해주고 싶은 건, 우리도 절대 남들보다 여유롭게 시작하지 않았다는 것, 그리고 지금 살아가는 데 아무런 문제가 없다는 거다.

신혼 초에 페이스북에 올렸던 글이다. 아내와 결혼할 당시 둘이서 겨우 모은 2500만 원에 5000만 원을 대출해서 7500만 원짜리 20년 된 빌라에 전세로 들어갔다. 작고 낡은 집이었지만 셀프 인테리어를 하고 나니 공간이 제법 아기자기해졌다. 당시 아내가 신혼집을 블로그에 올렸는데, 그걸 본 어떤 사람이 댓글로 나의 수준을 거론했던 것이다.

그의 태도에 화가 나긴 했지만, 내 환경을 비관하지는 않았다. 부모님의 지원 없이도 떳떳하게 우리만의 속도로 살아가면 될 거라 믿었기 때문이다. 당시 개인 SNS에 올렸던 이 글은 2만 개가 넘는 '좋아요'에 공유도 2,600회에 달할 정도로 많은 사람의 관심을 받았다. 지금 사회에는 수저론이 팽배하지만, 그 반대편에는 금수지와 흙수지의 구분에서 벗어나 나만의 일상을 소중히 여기고 행복을 찾는 일에 더 힘쓰고 싶은 사람들도 있다는 뜻이 아닐까?

우리 부부는 굳이 나누자면 흙수저 혹은 그 근처 어딘가에 있을 거다. 하지만 언론사에서 페이스북 글을 보고 취재하고 싶다며 연락이 왔고, 우리의 소박한 스몰 웨딩 스토리는 '내 힘으로 웨딩족'이라는 거창한 타이틀로 뉴스에 소개되었다. 부모로부터 물려받은 자산은 없지만, 우리 나름대로 하나씩 가치를 만들며 살아나가는 방법을 찾아가는 중이다.

부의 정도에 따라 사람을 나누는 건 오래된 시선이니 흙수저라는 표현 하나를 감춘다고 계급론이 없어질 리는 없다. 하지만 흙수저라 지칭하면서 삶을 불행하게 여기는 시선만큼은 지워내고 싶다. 그냥 다른 사람들처럼 평범하게 살고 있을 뿐이다. 하루는 기쁘고 하루는 화도 나고 그러면서 말이다.

전체관람가가 된
성적 농담

인터넷에서 '고자'라는 표현을 처음 봤을 때의 당혹감을 잊을 수가 없다. 우리나라는 공개된 장소에서 성을 논하는 것이 터부시되는 사회라 생각했는데 아무 데나 고자라는 단어를 붙여 사용하고 있던 것이다. 고자는 '생식 기관이 불완전한 남자'라는 뜻으로 성 기능과 관련된 표현이지만 많은 사람이 연령이나 매체를 고려하지 않고 거리낌 없이 이 말을 사용한다.

고자라는 말을 사용하는 것에 대해 거부감이 낮아진 건 큰 인기를 끌었던 드라마 〈야인시대〉의 한 대사에서 기인한다. 극 중 고환 부근에 총알을 맞은 공산당 간부 심영은 병원에서 깨어나 "내가 고자라니"라고 외친다. 2002년부터 2003년까지 방영되던 당시에는 큰 이슈가 되지 못했지만, 5년 뒤 각종 포털 사이트에 해당 장면이 캡처되어 올라오며 화제를 모았다. 뒤이어 수많은 이미지가 생성되었고, 웹툰에서 오마주되었고, 방송 자막에서도 사용되었을 뿐만 아니라 아예 해당 장면을 패러디한 콩트까지 생겨났다. 덕분에 고자는 전 국민이 아는 농담이 되었다.

그리고 지금, 고자는 성 기능의 저하를 넘어 '능력이 없음'의 대명사로 '패션 고자', '셀카 고자', '요리 고자'와 같이 쓰이고 있다. 원래는 성 기능 장애를 일컫는 말이었지만, 이제는 어느 분야에도 적용할 수 있는, 활용도가 높은 비유적 표현으로 자리 잡은 것이다.

능력이 뒤처진다는 표현이 왜 고자여야만 할까. 아무도 문제의식을 느끼지 않는다면 이 표현은 정당한 걸까. 비유적 성격이 강하다고 하지만 어찌 됐든 성 기능에 대한 표현이다. 그간 개인의 성생활은 프라이버시를 보호받아야 할 항목으로 취급되었는데, 고자는 농담이라는 방패 아래 개인적인 영역을 아무렇지 않게 들춰낸다.

직장인 익명 커뮤니티인 블라인드에는 발기부전을 걱정하

는 글이 꾸준히 올라온다. "30대인데 괜찮은 걸까요?", "어떻게 치료할 수 있나요?" 작성자가 용기 내어 올린 글에 비슷한 고민을 하는 사람들이 진심 어린 댓글을 달아준다. 성인을 대상으로 하는 커뮤니티에서 익명의 힘을 빌려 이야기하는 내용이 일상에서 아무 저항 없이 농담으로 활용되는 데서 괴리가 느껴진다.

고자,
예외적으로 허용되는 성적 농담

비슷한 맥락에서 남자 연예인들이 방송에 나와 너도나도 정력이 좋다고 자랑하기 바쁜 것 또한 어색하다. 다른 성적 농담은 지탄받지만, 남성의 성 기능에 대한 농담은 아이러니하게도 환영받는다. 우리나라의 영상물 등급제도는 선정성 및 폭력성을 기준으로 상영 등급을 나누고 있다. 그런데 미성년자도 볼 수 있는 예능 프로그램에서 남자 연예인들의 과시가 이어지는 모습을 보면, 이러한 규정이 남성에 대해서만큼은 예외로 느껴질 때도 있다.

이와 같은 현상은 꽤 오래된 문제이다. 어릴 적 많이 봤던

개그 프로그램에는 종종 환관을 흉내 내는 캐릭터가 등장했다. 성생활에 대해 제대로 몰랐을 때부터 웃고 넘겼으니, 성기가 거세됐다는 설정은 꽤 오래전부터 유머의 소재로 우리의 인식에 영향을 미쳤는지도 모른다. 성 기능이 온전치 않은 남성들을 놀림의 소재로 쓰던 문화를 어릴 때부터 받아들여 온 탓에 큰 저항 없이 그대로 고자라는 표현을 사용하게 된 것이 아닐까 싶다.

날이 추워지면 "○○폰 배터리는 조루야"라는 불평을 쉽게 들을 수 있다. 고자와 마찬가지로, 온도가 낮아지면 배터리가 빨리 닳는 현상을 성 기능과 관련된 용어에 빗대어 표현한 것이다. 말은 확산 속도가 빠르고, 그만큼 우리의 인식에 직접적으로 영향을 미친다. 특히 어린 연령층이 비판 의식 없이 이러한 표현을 흡수할까 봐 걱정이다. 영상물에서 사회에 미치는 영향을 고려하여 등급을 나누듯, 우리 또한 일상에서 책임의식을 지니고 말을 고르면 좋겠다.

익숙해지면
비속어라도 괜찮을까?

블로그 광고를 피해 맛집을 검색하는 비법이 몇 개 있다. 대표적으로는 '존맛' 혹은 '존맛탱'이라는 키워드를 넣어 검색하면 된다고 한다. 욕설이 섞여 있는 단어라 광고보다는 리얼한 후기일 가능성이 높다는 이유에서다. 실제로 젊은 세대들 사이에는 '존나 맛있다'의 줄임말인 존맛탱이라는 신조어가 굉장히 흔하게 쓰이고 있다. 인스타그램에서는 존맛탱의 발음을 영어로 표기한 후 앞글자만 딴 'JMT' 혹은 'JMTGR(존맛탱구리)'이라는 해시태그가 수백만에 달한다. 존맛탱은 인터넷에서 일부만 쓰는 용어가 아니라, 일상에서도 흔하게 사용되는 대표적인 신조어 중 하나이다.

하지만 아무리 친숙하게 쓰인다고 할지라도 결국은 비속어이다. 비속어가 아무렇지 않게 프랜차이즈의 공식 메뉴 이름에 포함되고, 기사 제목으로 쓰이고, 방송 자막으로 나오는 모습을 보면, '존나'는 비속어가 아닌 건가 싶을 정도이다. 존맛탱이 젊은 세대를 겨냥한다는 소셜미디어의 뉴스 제목으로 사용되고, TV 광고에도 당당하게 등장하는 것을 보면 이를 이상하게 여기는 것이 시대에 뒤처진 것처럼 느껴지기도 한다.

주식시장에서 자주 쓰는 '존버'의 경우 상황이 더욱 심각하다. '존나 버티다'의 줄임말인 존버는 언론사를 가리지 않고 거의 모든 매체에 등장하며 마치 공식 경제 용어처럼 자리 잡았다. 표현에 문제의식을 가지지 않고, 아무런 편집 없이 내보내는 게 지금의 모습이다. 그만큼 독자들은 비속어에 익숙해지고, 또 무뎌져 간다.

수많은 미디어가 존맛탱과 존버, 존잘은 사용할지언정 존나라는 표현은 직접적으로 쓰지 않는다. 줄임말을 쓴다고 의미마저 줄어드는 게 아닌데도, 마치 비속어가 아닌 양 눈속임을 하는 모양새이다.

존맛탱,
비속어지만 비속어가 아니게 된 단어

비슷한 신조어로 '쌉가능'이 있다. '완전 가능하다'는 뜻의, 동의한다는 의미를 강조하는 표현으로 젊은 세대에서 자주 사용한다. 하지만 아무도 '쌉'의 어원을 제대로 알지 못한다. 점 하나 찍었다고 비속어가 신조어로 둔갑하는 것이다.

원서 접수는 18일(수) 18시에 마감되구요~

제출 후에도 수정 쌉가능!

모 대기업 채용 담당자가 지원자들에게 보낸 문자 메시지이다. 친근하게 다가가려는 의도였겠지만 많은 지원자가 공식적인 커뮤니케이션에 비속어를 사용한 것에 대해 불쾌감을 표했다. 유래를 모르고 쓰는 신조어는 이처럼 의도와는 다른 나쁜 결과로 이어지기도 한다.

'힘숨찐'이라는 신조어도 마찬가지이다. '힘을 숨긴 찐따'의 줄임말로, 힘을 숨기고 있다가 나중에 힘을 드러내면서 반전을 보여주는 캐릭터를 지칭할 때 주로 쓰인다. 신조어라 방심하고 쓰다 보면 '찐따'라는 표현은 잊기 십상이다. 찐따가 6·25 전쟁 이후 지뢰를 밟고 다리가 잘린 사람을 비하하는 표현임을 아는 사람은 많지 않다. 대중문화를 잘 모르는 사람을 의미하는 '문화 찐따'의 줄임말인 '문찐' 또한 뉴스 제목에서도 쉽게 발견된다.

이렇듯 줄임말이 차별 및 혐오 표현을 감추는 데 사용되는 것은 더욱 큰 문제이다. '뱅크'는 '병신짓 크리티컬'의 줄임말로, 큰 실수를 저지르거나 논란을 빚었을 때 사용한다. 말을 줄임으로써 '병신'이라는 비속어는 가려진다. 뱅크라는 표현이 자주 사용되어서인지, 병신이라는 단어에 대한 문제의식도 점점 옅어지는 것 같다. "세상은 넓고 병신은 많다", "왠지 병신 같지만 멋있어", "페이크다 이 병신들아"와 같은 장애인 혐오 표현이 아무렇지 않게 일상에서 비하의 의미로 쓰이는 일이 점점 더 잦아지고 있다. 방송 자막에서도 뒷글자를 가리면 된다고 생각하는 듯, '병×'로 표시하며 일상적으로 통용되는 정도의 재치 있는 단어로 취급하고 있다.

난해한 콘텐츠를 아무렇지 않게 '병맛'이라 부르고, 병신 대신 ㅂㅅ이라 쓰면 욕설이 아니게 되는 이상한 분위기가 만연하다. 그래서인지 요즘엔 심지어 방송에서도 욕설이 종종 등장한다. 삐 소리와 모자이크로 처리하지만 충분히 욕설임을 짐작할 수 있다. 덕분에 말을 줄여 원래 단어를 희석하듯 특수 효과만 덧입히면 방송 중이라도 언제든 욕설을 해도 괜찮다는 공식이 세워진 듯한 의심이 들 때가 많다. 하지만 우리는 욕설이 익숙해지는 상황을 경계해야 한다. 글자가 줄어들었다는 이유로 비속어와 비하 표현이 일상생활 깊숙이 들어와서는 안 될 것이다.

한때 나도 병맛이라는 표현을 자주 썼다. 그저 유행에 심취해 신조어를 따라 쓰면 트렌디한 줄로 착각했던 것이다. 하지만 철없던 시절의 표현은 미래의 나를 부끄럽게 만든다. 시대는 분명 변할 테고, 지금 유행을 따라 받아들였던 표현들은 혐오가 만연했던 시대의 지울 수 없는 낙인으로 남을지도 모를 일이다.

버려야 하는
말들의 목록

4장

그들은
_____

웃지 않는
_____

농담
_____

기르는 게 아니라,
함께 살아가는 것

회사에서 운영하는 〈캐럿〉이란 뉴스레터가 있다. MZ세대와 어떻게 소통해야 하는지 알려주는 콘텐츠를 지향하는데, 반대로 MZ세대 독자가 우리에게 커뮤니케이션 방법을 가르쳐주기도 한다. 한번은 뉴스레터를 발송한 후 이런 피드백을 받았다.

> 이미지에 '박제'한다는 표현이 아쉬웠어요.
>
> 공유를 위해 사진을 저장하고 보니 동물의 가죽으로 레플리카를 만든다는 의미의 (저는 사용을 지양 중인) 박제한다는 표현이 있어서 멈칫했습니다..!

2부 버려야 하는 말들의 목록

트위터에 올리면 RT도 많이 될 만한 콘텐츠인데 위와 같은 이유로 직접 올리지 못해 아쉬웠어요.

피드백을 받으면 보통 '맞아, 실수했구나' 하고 바로 잘못을 이해하는데, 이 경우에는 머리를 크게 맞은 것 같은 기분이었다. 세상은 변하고 있는데 제대로 따라가지 못하고 있다는 사실에 반성했다. 배려해야 할 대상이 확대된 것은 물론이고, 단어의 의미만을 읽는 게 아니라 어원과 유래까지 고려해야 하는 시대가 된 것이다. 우리는 그 뒤로 모든 콘텐츠에서 박제라는 표현을 '고정'으로 바꾸고 있다.

박제,
제대로 죽지도 못하는 동물의 고통

동물에 대한 인식은 사회가 변화하는 속도만큼이나 굉장히 빠르게 개선되고 있다. 동물 학대에 대한 처벌의 수위를 높여달라는 목소리가 점점 더 거세지는 추세이다. 동물권에 대한 인식이 높아져 비건식을 생활화하는 사람도 늘었다. 이러한 변화에 조금만 무심하면 낡은 표현을 낡았다고 인식하지 못하고 실수를 하기 마련이다.

집 앞에 약국이 하나 있다. '애완동물 의약품'이라고 출력한 종이가 창문에 붙어 있는 곳이다. 그 약국 앞을 지날 때면 늘 궁금증이 생긴다. 과연 반려동물과 사는 사람들이 이 약국을 찾을까?

실제로 반려견 두 마리와 살고 있는 나는 그 약국을 가지 않는다. 애완동물이라는 표현 때문이다. 애완견, 애완동물의 '완'은 '희롱할 완玩'을 사용해서 반려견, 반려동물로 대체하자는 캠페인이 진행된 지 오래이다. 주인의 의사에 따라 반려견의 꼬리를 짧게 자르는 단미斷尾나 귀를 뾰족하게 만드는 단이斷耳 또한 반려견을 인형이나 장난감 등으로 생각했기에 가능했던 행동일 것이다. 그래서인지 낡디낡은 애완견이라는 표현을 쓰는 곳은 반려견들을 진정으로 생각한다는 느낌이 들지 않는다.

더 나아가, 동물권에 대한 감수성이 높아지며 사람의 기준으로 동물을 재단하는 태도 또한 비판에 직면하고 있다. '넵무새', '술무새', '퇴근무새' 등과 같이, 특정 단어나 소재를 과도하게 반복하는 태도를 앵무새에 비유하여 조롱하는 표현도 고민해볼 지점이다. 오랫동안 동물에 빗대 비하나 욕설을 해오던 관행도 이제 다시 생각해야 할 시점이라는 의미이다.

오지랖이겠지만 집 앞 약국 문을 열고 말하고 싶다. "약사님. 별거 아니지만, 반려동물 의약품으로 바꿔 쓰시면 매출이 더 늘어날 것 같은데요." 아무도 말해주지 않으면 누군가의 외면을 받고 있다는 사실을 짐작하지 못하고 그 종이는 몇 년 동안 붙어 있을지도 모른다. 살다 보면 우리 집 반려견이 갑자기 아파 어쩔 수 없이 그 약국을 이용해야 할 수도 있지만, 그다지 달갑지는 않을 것 같다.

이와 같은 불편한 감정은 비단 나만 느끼는 것이 아니다. 스포츠 선수들이 즐겨 먹는 보양식에 관한 콘텐츠를 내보냈다가 많은 비판을 받은 적이 있다. 보양식 콘텐츠가 동물에 대한 식용을 부추길 수 있다는 질책을 받으며 사회가 변화하는 속도를 실감했다.

밀레니얼 세대는 오로지 사람만이 중요하다고 말하기보다 동물과 함께 살아가는 사회를 이야기한다. 모든 생명체가 존중받는 사회에 필요한 언어 습관과 태도를 가지고 있는지 돌아볼 필요가 있다.

이토록 친숙한
불치병

암은 무서우면서도 익숙한 질병이다. 암을 진단받은 환자는 2015년 21만 7,856명에서 2018년 24만 3,837명으로 꾸준히 증가하고 있다.[1] 통계청이 통계를 작성한 1983년 이래 2019년까지 37년째 한국인 사망 원인 1위를 지키고 있는 것도 바로 암이다.[2]

흔하게 볼 수 있으면서도 여전히 두려운 존재가 암이다 보니 드라마에도 단골 소재로 등장한다.

"어르신 좋은 일이 있으신가 봐요? 혼자 계신데 웃고 계셔서요."

"네, 좋은 일이 있습니다. 크리스마스 선물인가 봅니다. 휴식을 주셨네요."

최고 시청률 45.1%에 달했던 KBS의 인기 드라마 〈황금빛 내 인생〉에서, 서태수(천호진)는 길을 걷다 문득 자신이 위암에 걸린 것을 직감한다. 때마침 구세군 성금을 모으던 자원봉사자가 말을 건네자, 그는 힘든 삶을 끝낼 수 있는 '휴식'을 얻게 되었다고 웃으며 답한다.

등장인물도 시청자들도 자연스럽게 암 진단을 죽음의 예고편으로 받아들였다. 그간 드라마에서 암에 걸렸다는 건 곧 죽음에 이르는 공식이었기 때문이다. 이를테면 〈왜그래 풍상씨〉에서도 이풍상(유준상)은 간암이라는 사실을 알게 되자 "나 언제 죽나?"부터 묻는다. 의사가 "살 수 있습니다"라고 말해줘도, "얼마나? 몇 달이나?"라고 되묻는다.

영화나 드라마에서 주인공이 암에 걸리는 건 뻔한 클리셰 중 하나이다. 드라마는 금세 비극으로 이어지고, 등장인물들 사이에서 농담이나 웃음은 사라진다. 그만큼 암은 무서운 병이다. 오랜 기간 미디어는 암에 대한 공포를 유포해 왔다.

아이러니한 건 드라마와 달리 일상에서는 공포심을 지운 채 안이라는 단어를 사용하고 있다는 사실이다. '암 걸린다'는 말이 대표적이다. 사람들은 답답한 상황에서 이 말을 자주 사용한다. 예를 들어 응원하는 스포츠 팀의 경기가 잘 안 풀리거나 드라마 주인공이 답답하게 굴 때, 혹은 게임을 하다가 어이없는 실수로 지게 되는 순간에 '암 걸릴 것 같다'거나 '발암 상황'이라 표현한다. 심지어 상황이 잘 풀리면 '걸렸던 암이 나았습니다'라고 말하는 경우도 있다.

속이 새까맣게 타들어 가는 심정을 재치 있게 말하려는 욕심이 이상한 표현을 만들어냈다. 답답한 마음과 분노를 유발하는 상황에 대한 공감을 유도하는 겉표지에 시선을 빼앗긴 사람들은 발암이 지니는 본래의 의미를 생각하지 않는다. 이렇게 발암은 일상에서 저항감 없이 사용하는 신조어로 자리 잡았다.

발암,
불치병의 취사선택

이런 표현을 사용하는 사람들은 대개 누군가를 상처 주려는 의도는 없었고 다만 재밌는 표현이라 썼을 뿐이라고 항변한다. 실제로 SNS에서는 발암이라는 단어를 수도 없이 볼 수 있고, 오프라인에서도 많은 이들이 한 번쯤은 들어봤을 정도로 유행어가 된 지 오래이다. 이미 모두가 농담으로 받아들이는 것을 정색하며 따지는 행위가 더 이상해 보일지도 모른다.

하지만 암 환자나 그의 지인들이 이런 표현을 본다면 이야기가 달라진다. 항암 치료 과정을 겪은 환자라면 더욱 그렇다. 항암은 빨리 자라는 암세포를 죽이는 치료법이다. 하지만 암세포만 죽이는 게 아니라 빨리 자라는 세포를 모두 죽인다. 머리카락과 손발톱, 위 점막 세포 등이 대표적이다. 항암 치료를 시작하면 머리카락이 빠지고 소화를 못 시키는 것도 이 때문이다. 특히 면역세포도 죽이기 때문에 암 환자는 흔한 감기마저 조심해야 한다. 항암 치료는 특히 힘든 것으로 잘 알려져 있다.

이런 힘든 과정을 겪어낸 사람과, 그 과정을 지켜본 가족에게는 암 걸린다는 표현이 달갑지 않다. 아니, 불쾌하다. 하지만 화를 내기도 힘들다. '농담일 뿐인데 왜 그리 정색하느냐'는 눈치를 받을까 두렵기 때문이다. 2018년 기준 암 병력이 있는 사람과 앓고 있는 사람을 통칭하는 암 유병자는 201만 명 정도로, 전체 인구의 3.9%에 해당한다. 국민 25명당 1명은 암 유병자인 셈이다. 우리의 친척과 친구, 동료나 그 가족 중 한 명은 암에 걸렸거나, 앞으로 걸릴 수 있다는 이야기이다. 더 나아가 기대 수명(83세)까지 생존할 경우 암에 걸릴 확률은 37.4%로 추정됐다.[3] 그만큼 암은 드라마 속 이야기가 아니라 내 주변의 이야기, 혹은 내 미래의 이야기일지도 모른다.

실제로 친척이 몇 해 전 암 진단을 받았다. 다행히 암은 치료가 됐지만 몇 년째 약을 먹고 있고, 일정 기간마다 재발하지는 않았는지 검사를 받아야 한다. 가족들은 혹시나 다시 암이라는 불행이 찾아올까 늘 걱정한다. 그들에게 암이라는 단어는 공포심을 불러일으킨다.

암을 겪어본 사람들이나 그들을 지켜본 이들은 '발암이다'와 같은 농담을 하지 않는다. '암 걸린다'는 표현을 아무렇지 않게 쓰는 사람들은 암을 겪어본 적도, 주변인이 암에 걸린 적도 없어 암의 무서움을 모르는 이들일 가능성이 크다. 하지만 그 상처를 경험해 보지 못했을지언정, 발암을 농담으로 사용하는 것이 누군가를 아프게 찌르는 비수가 될 수 있다는 사실에는 공감할 수 있지 않을까.

발암처럼 질병의 이름을 일상적으로 사용하는 사례로 'PTSD 온다'라는 표현도 있다. 과거의 힘들었던 경험을 상기하게 하는 상황에서 주로 쓰이는데, 전문 의학 용어이지만

SNS 등에서는 대부분 비유적으로 가져다 쓰고 있다. 강한 스트레스를 받는 상황에서 습관적으로 PTSD Post Traumatic Stress Disorder(외상 후 스트레스 장애)라 셀프 진단을 하는 것이다.

물론 그들이 진짜 PTSD를 가지고 있는지 아닌지는 알 길이 없다. 인간은 누구나 비극적인 사건을 겪을 가능성을 안고 살아가고, 실제로 과거에 충격적인 사건을 겪어 전문가의 진단을 받지 않았더라도 트라우마로 고통받고 있을지도 모른다.

그런 사람들이 PTSD를 사용하는 것을 말하는 것이 아니다. 내가 말하고 싶은 것은 일상적으로 PTSD가 왔다고 농담처럼 말하는 분위기이다. 이 때문에 PTSD로 힘든 나날을 보내고 있는 사람들의 상처가 누구나 겪는 별것 아닌 에피소드처럼 희석되고 있다. PTSD는 환청 등의 지각 이상에서 시작해 해리 현상이나 공황발작, 우울증까지 유발할 수 있다. 때로는 약물중독에 빠지기도 한다. 타인의 고통을 농담의 소재로 쓰고 있다고 생각하면, 이 표현을 쉽게 입에 담을 수 없을 것이다.

'발작 버튼'도 이와 같은 맥락에서 질병을 희화화하는 표현이다. 발작 버튼은 누르자마자 결과가 나타나는 버튼처럼, 즉각적으로 격정적인 반응을 유발하는 특정한 사건이나 단어를 가리킬 때 사용된다. 의학적으로 살펴보면, 사실 발작은 뇌전증이나 다른 마비 증세에서 갑자기 나타나는 경련 증상이다. 응급조치가 필요할 정도로 생명이 위급한 상황을 가리킨다.

'땡깡'이라는 표현도 마찬가지이다. 땡깡은 뇌전증을 뜻하는 일본어 '덴칸てんかん'에서 유래한 말인데, 억지를 부리며 우기는 모습이 뇌전증의 증상과 비슷해 보인다고 해서 '땡깡 쓴다'는 표현으로 이어졌다. 뇌전증 환자와 그 가족들은 당연히 이런 표현을 쓰지 않는다.

"요즘 의료 기술 발전해서 초기면 다 치료할 수 있대. 심각하게 생각하지 마." 암 환자들은 그들의 상황을 충분히 이해하지 못한 채 무신경하게 던지는 위로가 오히려 상처로 다가온다고 고백한다. 암 환자는 우리 주변에 많고 미디어에서도 자주 다뤄지지만 우리는 여전히 암에 대해 잘 모른다. 드라마나 영화에서는 무조건 죽게 되는 불치병으로 다루고, 일상생활에서는 가벼운 농담으로 소비하는 일이 그 방증일지도 모르겠다.

발암이라는 말이 들려올 때마다 주변의 눈치를 살피는 버릇이 생겼다. 표정이 어두워지거나 갑자기 입을 다무는 사람이 있는지를 둘러본다. 농담에 진지하게 반응하는 것만큼 분위기를 못 맞추는 일은 없다지만, 누군가의 아픈 상처를 들추는 것보다는 차라리 살짝 재미없는 분위기가 낫다고 믿는다.
한 명이라도 웃지 못한다면, 그것은 더 이상 농담일 수 없으니
말이다.

감추고 싶은
비밀

사람들은 대머리나 탈모인을 놀리는 것에 대해서는 왜 크게 경각심이 없을까요?

'대머리는 사람이 아닙니다'와 같은 말들이 엄청 많이 보이는데, 체중이나 생김새 등 다른 외모적 특징을 비하한다면 상당히 모욕적인 댓글로 보이지 않을까요?

탈모인들이 자조적으로 자기네들끼리 비하하며 웃고 놀리던 게 퍼져서 일반인들도 그런 식으로 놀리게 된 것으로 알고 있긴 한데 그 집단 안에서 서로 놀리는 거랑 외부인이 놀리는 거랑은 느낌이 다르지 않을까요.

2019년, 한 대학교의 익명 페이스북 페이지에 탈모 혐오를 멈춰달라는 글이 올라왔다. 글쓴이는 왜 탈모나 대머리를 놀리는 일에 대해서는 경각심을 가지지 않느냐고 물었다.

　　그의 말대로 대머리나 탈모는 온라인에서 유독 놀림의 대상이 되는 소재이다. 놀림의 방식은 뻔하다. '머리카락이 안 난다' 혹은 '머리가 빠진다'를 각종 언어유희를 동원해 조롱하고 뿌듯해하는 수준이다. 몇 년간 온라인에서 반복되어 왔던 일이기 때문인지 대부분은 글에 공감했지만, 아니나 다를까 일부는 여기에도 탈모를 놀리는 댓글을 달았다.

　　탈모를 유발하는 요인은 다양하다. 유전성인 경우도 있고, 호르몬의 영향이거나 자가 면역 결핍 때문일 수도 있다. 식습관과 스트레스가 원인으로 꼽히기도 하고, 헤어스프레이와 샴푸 등 헤어용품으로 인해 발생한다는 의견도 있다. 하지만 아직 명확한 원인과 예방법은 발견되지 않았고, 개인의 습관이나 노력에 따라 관리가 가능한 영역도 있지만 상당수는 개인의 의지로 조절할 수 없는 것들이다. 결국 탈모는 누군가가 잘못해서 벌어지는 게 아니라는 이야기이다.

　　사실 우리 사회는 타인의 외모나 신체적 특징에 굉장히 민감하게 반응해 왔다. 명절에 '살쪘냐'는 말을 듣기 싫어 친척

집에 가기 싫다고 호소하는 이가 많고, 학교나 회사에서 옷차림에 대한 평가를 듣는 것도 예사였다. 하지만 최근에는 타인의 외모에 대해 이야기하는 것을 비판적으로 바라보는 공감대가 형성되어, 신체 특징을 평가하거나 약점을 비하하여 놀리는 이가 있으면 지적하여 고치도록 하는 분위기까지 생겨났다. 그런데 왜 대머리 혹은 '머머리'만 주의 대상에서 제외되어 여전히 놀림감으로 취급되는 걸까?

머머리는 '야민정음'의 대표적 사례 중 하나이다. 야민정음은 한글 자모를 모양이 비슷한 다른 자모로 바꾸어 표기하는 것으로, 멍멍이를 '댕댕이', 귀여워를 '커여워'라고 표현하는 식이다. 대부분의 야민정음은 귀엽고 재밌다는 평가를 받는다. 대머리를 뜻하는 머머리도 마찬가지이다. 누군가를 대머리라고 칭하면 비하하는 의도가 전면에 드러나지만, 머머리라고 칭하면 이상하게도 귀여워하는 느낌을 준다. 대머리를 야민정음으로 표현한 머머리가 지닌 비하의 의미는 그런 화기애애한 분위기에 묻혀버렸는지도 모른다. 하지만 단어의 귀여운 어감과 달리 머머리라고 불린 사람은 괜히 머리에 한 번 더 신경을 쓰게 되고, 사람들이 모두 자신의 머리만 쳐다보고 있는 것 같은 걱정에 휩싸인다.

머머리,

조롱의 대상이 되는 신체 특징

실제로 탈모인이 받는 스트레스는 심각한 수준이다. 이는 그들이 받는 사회적 불이익이 매우 크다는 데서 기인한다. 탈모인이 출근 당일 현장에서 채용 거부를 당했다며 억울함을 호소하는 사건도 있었고, 2021년 해군사관학교는 입시 모집 요강 신체검사 항목에 '탈모증'을 포함하여 비판을 받기도 했다.[4] 이외 구체적인 수치로 집계되지는 않았지만 외모지상주의가 만연한 우리 사회에서 탈모가 취업이나 일상생활에 감점 요인이 된다는 데에 모두가 동의하는 실정이다.

이런 까닭에 탈모인들은 탈모 진행을 늦추기 위해 갖은 노력을 한다. 그러나 그 비용 또한 만만치 않다. 약을 먹는다면 매달 4~6만 원씩은 지불해야 한다. 물론 처방을 위한 진료비는 별도이다. 약은 근본적인 해결책이 아니기에 계속해서 복용해야 한다는 고충도 있다. 탈모를 예방해 준다는 탈모 샴푸 역시 일반 샴푸보다 비싼 편이다. 탈모가 심해 모발 이식 시술을 하는 경우에는 최소 백만 원부터 수천만 원의 비용이 든다. 특히 최근 급증한다는 20대 환자는 취업과 더불어 경제저 부담까지 안게 되고, 이 과정에서 유발되는 스트레스가 다시 탈모에 부정적인 영향을 미치는 악순환이 반복된다.

사회적으로 스트레스 지수가 심해지며 특히 젊은 층 위주로 탈모 발생 비율이 높아지는 경향 때문에 탈모를 사회적 질병으로 보는 시각도 있다. 더불어 탈모를 조롱하고 비하하는 사회적 분위기가 없었다면 이렇게까지 돈과 마음을 쓰지 않았을지도 모른다. 그런데 사람들은 탈모를 겪어보지도 않았으면서 아무렇지 않게 머머리라는 단어를 사용하며, 대머리가 되지 않으려는 노력조차 유머의 코드로 치부한다.

남모를 고민과 노력을 고려하지 않은 채 아무렇지 않게 던지는 "곧 머머리 되는 거야?"와 같은 농담은 가장 마주하기 싫은 결말을 말해버리는 잔인한 스포일러이다. 이미 대머리가 된 사람에게도 마찬가지이다. 쿨한 척 웃으며 티를 내지 않으려는 사람에게도 힘들었던 시간이 있다. 대머리를 놀리다가 당사자가 화를 내기라도 하면 "머리는 안 나는데 화는 나나 보네ㅋㅋㅋㅋ"라는 댓글로 응수한다. 물론 대머리를 조롱하는 사람들은 그들의 고충은 전혀 고려하지 않는다. 놀림받는 사람의 입장은 헤아리지 않고 농담이 센스 있다며 찬사를 보내기까지 한다. 모두가 웃는 분위기에서 누군가 진심으로 화를

2부 버려야 하는 말들의 목록

내면 농담인데 왜 그렇게 예민하냐는 핀잔만 받는다. 탈모인들은 놀림이 당연시된 분위기에서 정색의 권리마저 빼앗긴 상태이다. 탈모 때문에 고민이라는데, 또 그 고민의 상당 부분이 이러한 조롱과 비하의 시선에 기인하는데 계속해서 이를 재미 삼아 희화화하는 모습은 무섭기까지 하다.

2017년 국가인권위원회는 대머리라는 이유로 아르바이트 채용을 취소한 한 특급 호텔의 처사를 용모 등 신체 조건을 이유로 차별한 행위라고 판단, 시정 권고를 내렸다.[5] 누군가는 이들을 응원하기 위해 "탈모 별거 아니야. 모자 벗고 당당하게 말해도 돼"와 같은 조언을 전할지도 모른다. 하지만 명백하게 차별을 받는 환경 안에서 탈모인에게 당당할 것을 요구하는 태도는 폭력적이다. 먼저 바뀌어야 할 것은 탈모인들의 태도가 아니라, 그들을 비하하고 차별하는 문화이다. 탈모인들이 '부끄러운' 탈모를 감추기 위해 농담을 참아주는 것을, 이해해 준다고 착각해서는 안 될 것이다.

결정하기가
너무 어렵지마는

안녕하세요. 평소 대학내일 소식을 자주 접하는 페친입니다. 제가 메시지를 보내는 이유는 '결정장애'라는 단어 때문입니다.

장애인 복지 분야에서 일을 하는 사회복지사로서 말씀을 드리자면, 결정을 잘 못하는 것을 가리켜 결정장애라고 쓰셨는데, 이 표현이 장애 자체를 비하하는 발언으로 들릴 수가 있다는 점을 아시나요?

장애는 그저 불편한 것이지, 비정상은 아닙니다.

장애인이란 사회적 혹은 신체적으로 일상생활에 불편함이 있는 사람으로 정의되며, 정의된 장애 유형은 15가지입니다. 그 안에 결정장애라는 말은 당연히 없지요.

2부 버려야 하는 말들의 목록

한 구독자가 회사에서 운영하는 페이스북 페이지로 보내온 메시지이다. 당시는 결정장애라는 신조어가 이곳저곳에서 굉장히 자주 쓰이던 때이다. '피자냐 치킨이냐'처럼 우열을 가리기 힘든 선택지를 앞에 두면 결정장애라는 단어가 튀어나왔고, 일상의 크고 작은 문제에서 결정을 잘 내리지 못하는 사람들이 스스로를 가리켜 결정장애라 표현하기도 했다. 너무 많은 미디어와 SNS에서 누구나 사용하던 표현이라 '왜 우리 페이지에만 이런 항의를 할까?'라는 억울함이 먼저 들었다. 우리는 당연히 장애인을 비하할 의도가 없었기 때문이다.

하지만 그의 지적은 틀리지 않았다. 우리는 종종 단어가 가지는 무게를 잊는다. 특히 신조어는 대부분 계획이나 의도 없이 생성된다. 결정장애 역시 장애인을 비하하려 만든 단어는 아니었을 것이다. 우리 또한 유행하는 단어라는 이유로 그대로 받아썼을 뿐, 그들이 이 단어를 어떻게 받아들일지 생각하는 시간을 갖지 않았다. 그러니 차별적인 시선이 그대로 전달되었을 것이다. 우리는 사과를 하고 글을 수정하기로 했다.

그동안 많은 이들이 장애에 대한 인식을 개선하기 위해, 그들을 가리키는 언어 표현을 바로잡기 위해 노력해 왔다. 그럼에도 불구하고 장애인에 대한 오해는 여전히 많다. 이를테면 지금도 '장애우'라는 말을 아무렇지 않게 쓰는 사람들이 있다. 과거 '장애인은 우리의 친구입니다'라는 의미로 장애우가 올바른 표현이라는 잘못된 이야기가 떠돈 결과이다. 그러나 장애우는 장애인에겐 사용 권한이 없는, 비장애인 중심의 언어이다. 호칭은 타인은 물론 자신을 가리킬 때도 사용할 수 있어야 하는데, 장애우는 친구라는 의미를 지니고 있어 자기 자신에게 사용할 수 없다. 그래서 장애인의 주체성을 저해하는 표현으로 여겨진다. 장애우라는 표현이 잘못되었다는 사실을 알려주는 콘텐츠가 정기적으로 제작되고 있지만, 장애우는 여전히 사회 곳곳에서 끊임없이 발견된다. 이는 장애인에 대한 사회의 관심이 적다는 사실을 방증한다.

표준국어대사전은 장애의 뜻을 총 세 가지로 설명한다. 첫 번째 의미는 어떤 사물의 진행을 가로막아 거치적거리게 하거나 충분한 기능을 하지 못하게 함, 또는 그런 일. 두 번째 의미는 신체 기관이 본래의 제 기능을 하지 못하거나 정신 능력에 결함이 있는 상태. 세 번째 의미는 유선 통신이나 무선 통신에서 유효 신호의 전송을 방해하는 잡음이나 혼신 따위의 물리적 현상이다. 결정장애는 이 중 어디에도 해당하지 않는다. 결정하는 데 어려움을 겪는 것은 태도의 문제일 뿐, 의학적으로 정신 능력에 결함이 있는 상태라 할 수 없다. 결국 결정장애는 장애라는 단어를 가볍게 활용한 결과임을 인정해야 한다.

메시지를 받은 뒤 결정장애라는 말을 다시는 사용하지 않았다. 하지만 아직도 이 단어에 부끄러워지는 건 결정장애라고 쉽게 말하는 주변 사람들에게 아무런 의견을 내지 않았다는 사실이다. 누군가 지적해 주어 잘못을 알게 된 것을 다행이라 여기면서도, 정작 나는 누군가를 변화시키겠다는 용기를 내지 못했다. 이제는 나 혼자만 떳떳한 것에 만족하는 수준에서 나아가 나를 둘러싼 언어 환경에도 떳떳해지려 한다. 결정장애를 가벼운 농담으로 바라보는 사회가 아니라 장애라는 표현의 무거움을 알고 배려하는 사회가 되기를 바란다.

결정장애,
남발하는 장애라는 접미사

결정장애와 비슷한 단어로 '분노조절장애'도 있다. 이는 자신의 감정을 다스리지 못하고 타인에게 폭언이나 폭행을 퍼붓는 사람들을 지칭하는 단어이다. 결정장애와 마찬가지로 분노조절장애 역시 정식으로 사용하는 진단명은 아니다. 굳이 말하자면 충동조절장애의 하나인 간헐적 폭발성장애와 비슷하다. 간헐적 폭발성장애의 원인은 하나로 규정하기 어려우나 전두엽의 기능이나 호르몬 분비의 이상, 어린 시절 폭력적인 환경에 노출되었던 경험이나 과도한 스트레스 상황이 합쳐진 결과로 추정된다.

SNS와 일상에서 남용되는 분노조절장애는 간헐적 폭발성장애처럼 치료가 필요한 기분장애를 지칭하는 단어는 아니다. 흔히 분노조절장애는 자기보다 강한 사람 앞에서는 잘 조절된다고 한다. 즉 후배들에게는 화를 있는 그대로 쏟아내면서 상사의 부당한 말에는 머리를 조아리는 사람, 주변 사람들을 생각하지 않고 자신의 감정만 중요하게 생각하는 사람 등 성숙하지 못한 사람을 꾸짖는 표현에 가깝다. 이런 못난 사람을 꾸짖을 때, 자신의 의지로 결정할 수 없는 일인 장애를 끌어와 사용하는 말들이 부끄럽다. 장애가 비하를 대변하는 단어가 되어서는 안 된다.

주변을 둘러보면 그동안 우리가 장애와 관련된 표현을 얼마나 부적절하게 사용했는지 알 수 있다. 음악계에서는 '가사를 절다'라는 말을 쓰는데 이는 가사를 제대로 외우지 못해 버벅거리는 상황을 빗댄 표현이다. Mnet의 음악 경연 프로그램 〈쇼미더머니〉에서 래퍼들이 '절었다'고 말하는 것을 그대로 내보내면서 대중도 사용하게 되었다. 힙합 신에서 사용하는 전문용어라고 오해한 탓이다.

하지만 '절다'의 사전적 정의는 '한쪽 다리가 짧거나 다쳐서 걸을 때에 몸을 한쪽으로 기우뚱거리다'이다. 가사를 절었다는 표현은 가사 실수를 다리를 저는 것에 비유한 것이다. 중요한 자리에서 실수를 저질러 책망을 받는 상황과 장애를 연결해 장애에 대한 선입견을 유포할 수 있는 표현이므로 지양해야 한다.

"장애인은 괴물도 천사도 아니다"라는 말이 있다. 장애인을 특수한 존재로 대상화하거나 보호받아야 할 착하고 불쌍한 사람으로 간주하여 동정하지 말고, 불편한 신체조건 때문에 차별을 겪지 않도록 사회의 책임이 요구되는 사람으로 봐야 한다는 뜻이다. 장애인의 신체조건이 비장애인보다 낮다고 바라보는 것은 무엇보다 조심해야 할 지점이다.

그래서인지 요즘은 '정상인'이란 표현이 자꾸 눈에 밟힌다.

정상이라는 건 설계에 따라 작동해야 하는 기계에나 적용할 수 있는 개념이지, 사람에게 쓰일 표현이 아니다. 사람은 정상과 비정상으로 구분할 수 없는 존재이다. 국립국어원에서는 "장애인의 반대말은 따로 없다"라고 밝힌 바 있다. "다만 장애인이 아닌 사람을 나타내기 위해 '아님'의 뜻을 더하는 접두사 '비非'를 붙여 '비장애인'이라" 하는 것이라며, 이어 "이전에는 '장애인'에 상대해서 '정상인'이라는 말을 쓴 적도 있"지만 "이는 장애인은 비정상인이라는 오해를 줄 수가 있어 사용하지 않도록 하고 있다"라고 덧붙였다.⁶ 그러나 여전히 많은 단체와 언론이 장애를 정상과 비정상의 문제로 취급하는 현실이라 갈 길이 아득하다.

결정장애와 분노조절장애 외에도 장애를 결점이나 부정적인 상황을 비유하는 표현으로 쓰는 일이 일상에 만연하다. 무심코 쓰는 표현이 장애를 열등하게 바라보는 편견을 전제하지는 않는지, 혹은 그러한 선입견을 퍼뜨리지는 않는지 점검해 보아야 한다.

그동안 우리는 문제의식 없이 장애인을 희화화해 왔다. 하지만 다행스럽게도 점차 분명한 변화가 나타나고 있다. 대표적으로 국립발레단은 2021년 6월부터 〈말괄량이 길들이기〉

속 장애인을 비하하는 안무를 수정하기로 했다. 2015년 국내 첫 공연 이후 6년 만이다. 극중 하인들이 관객들의 웃음을 유발하려는 의도로 뇌성마비나 뇌병변 장애인들의 모습을 따라하는 장면을 넣은 것이 문제가 되었다.[7] 16세기 셰익스피어의 원작을 바탕으로 1969년에 창작된 작품이라는 것은 변명이 될 수 없다. 인권에 대한 의식이 높아지며 기존에 당연하다는 듯 해오던 차별이 폐기되고 있다. 언어 또한 예외가 될 수는 없을 것이다.

얼굴이 닮으면
죄인이 되는 시대

범죄자들의 얼굴이 공개될 때마다, 혹은 유명인들이 물의를 빚을 때마다 여지없이 '관상은 과학이다'와 같은 댓글이 달린다. 범죄를 저지르거나 사고를 치는 사람들이 비슷하게 생겼다는 이유에서다. 정말 닮은 경우도 있고 아리송할 때도 있으나 언제나 많은 사람들이 '좋아요'로 화답한다. 상황이 이렇다 보니 언론과 미디어 또한 기사의 대표 이미지에 이들의 생김새를 더욱 적극적으로 활용하고, 많은 사람에게 이는 그들의 외모를 마음껏 비난할 빌미가 되어준다.

끔찍한 범죄를 저지르거나 사회의 규칙을 어기는 이유를

도저히 이해할 수도 없고 짐작할 수도 없으니, 그냥 그들의 외모를 문제 삼는 것도 이해는 된다. 하지만 '관상은 사이언스'라고 외칠수록 정작 범죄의 본질과는 멀어질 뿐이다. 외모는 범죄와 관련이 없다는 사실을 인정하고, 그가 저지른 범죄의 실체를 직시하고 사회적 인과 관계를 파헤쳐야 한다. 관상은 과학이라는 미명 아래 단순히 닮았다고 해서 무고한 사람이 피해를 보는 일이 많아지면 범죄자 신상 공개는 더욱 조심스러워질 우려도 있다.

고故 박용식 배우는 전두환 전 대통령과 닮았다는 이유로 1980년대에 4년간 출연 정지를 당했다며 억울함을 토로한 바 있다. 생김새가 비슷하다는 이유로 사회활동에 제약을 받는 것이 비합리적인 일이라는 데에는 모두가 동의할 것이다. 전 세계적으로 도플갱어를 연상시킬 정도로 닮은 사람들이 수없이 많지만, 이들이 모두 같은 삶을 살리라 생각하는 이는 없다.

물론 관상에 이론적 근거가 아예 없는 것은 아니다. 근대적 의미의 관상학을 정립한 스위스의 신학자 요하나 카스퍼 라바터Johann Kaspar Lavater는 "미덕은 사람을 아름답게 만들고 악덕은 추악하게 만든다"고 주장했다.[8] 즉, 생김새를 바탕으로 사람의 선악을 구별할 수 있다고 말한 것이다.

관상은 통계학이므로 과학적이라는 주장도 있다. 하지만 관상학 이론은 과거에 정립된 데이터를 바탕으로 하기에 현재에 그대로 적용하는 것에는 어려움이 있다. 시대상의 변화를 전혀 고려하지 못하기 때문이다. 심지어 인터넷에서 쓰이는 관상이란 전문적인 관상학을 지칭하는 것도 아니다. 그저 얼굴에 대한 주관적인 감상을 관상이라는 용어로 포장했을 뿐이다.

무엇보다 설령 관상학이 방대한 데이터를 기반으로 하여 정립된 과학적인 학문이라고 할지언정, 범죄자를 비난하고 싶을 때 관상에 기대는 것은 사건 해결에 전혀 도움이 되지 않는다. 각종 논란에서 관심이 가해자에 대한 인신공격에 집중되느라 정작 사건의 본질은 희미해지고 피해자는 잊히는 경우가 많다. 덧붙여 이러한 인신공격의 과녁은 또 다른 피해자를 향할 수도 있다. 사회적으로 외모지상주의가 만연해질 수 있다는 것 또한 문제이다.

물론 외모를 보고 주관적인 감상을 갖는 것까지 원천 봉쇄할 수는 없다. 하지만 이를 관상은 과학이라는 말로 포장하는 것은 다른 사람들의 판단에도 영향을 준다는 점에서 문제가 있다. 특히 범죄자와 연결할 때에는 우연히 그들과 외모가 닮은 사람이 있을 수 있다는 사실을 떠올려야 한다. 그 모습이 거울 속의 우리의 모습일지도 모르니까 말이다.

관상은 과학이다,
외모 평가가 정당해지는 순간

비슷한 맥락으로 쓰이는 표현이 또 있다. 바로 '믿고 거르는 조씨'의 줄임말인 '믿거조'라는 단어이다. 조씨 전체를 묶어 비난하는 표현인데, 실생활에서는 잘 쓰이지 않지만 온라인에서는 오랫동안 사용되고 있다.

믿거조는 논란을 빚은 일부 연예인들과 범죄자들 중 조씨가 눈에 많이 띈다는 데서 유래했다. 하지만 사실 나열해 보면 많지도 않다. 이들 때문에 조씨 전체가 공격의 대상이 되었다. 특정 인물들에 대한 분노의 감정이 아무런 죄책감 없이 믿거조라는 말을 사용하게 했다.

이 같은 신조어는 소수의 문제를 집단 전체의 문제로 확산하는 성급한 일반화의 오류를 범한다. 2015년 국가통계포털이 제공한 자료에 따르면 조趙씨 성을 가진 국민은 1,055,567명으로 김金, 이李, 박朴, 최崔, 정鄭, 강姜 씨에 이어 일곱 번째로 많다.[9] 대체 100만 명이 넘는 사람이 왜 소수의 사람들로 인해 부당한 취급을 당해야만 하는 걸까.

조씨 성을 가진 회사 동료는 "믿거조라는 말을 볼 때마다 힘이 빠진다"라며 우울하다고 말했다. 관상과 마찬가지로 조씨라는 성씨 역시 범죄와는 아무런 연관성이 없다. 범죄에 대한 화를 억울한 조씨에게 풀어서는 안 될 일이다.

쉽게 파악할 수 있는 가시적인 특성을 비난해 울분을 풀면 마음은 편해질 수 있다. 하지만 그러한 일이 정말 사건의 해결에 도움이 되는지, 또 그로 인해 다른 피해자가 고통받고 있는 것은 아닌지 생각해 볼 필요가 있다.

취재하고
기사 쓰는 사람

"직업이 뭐예요?" "저요? 기자입니다."

지금은 에디터라는 직업을 가지고 있지만, 첫 직장 생활 당시엔 기자라고 불렸다. 기자라는 직업은 자랑스러웠다. 주변에서도 부러워했고, 다른 사람들 앞에서 기자라 소개할 때는 당당해지기도 했다. 하지만 곧 기자는 대중에게 호감을 주기보다는 미움을 많이 받는 직업이라는 사실을 알게 됐다. 사람들이 기자를 가리켜 기자와 쓰레기의 합성어인 '기레기'라 불렀기 때문이다.

기자가 사랑받지 못했던 건 이제오늘 일이 아니다. 물론 존경받는 기자가 전혀 없는 것은 아니지만, 2010년 이후부터 기자들은 본격적으로 비호감 반열에 오르며 기레기 취급을 받는 일이 빈번해졌다.

기레기라는 표현이 많이 보이기 시작한 시점은 포털 사이트의 영향력이 커지던 시기와 일치한다. 2000년대 이후 포털 사이트 메인 화면을 뉴스 기사가 차지하게 되었다. 조회수는 웹사이트 광고 매출과 이어졌기 때문에, 언론사들은 클릭을 부르는 기사를 쓰는 데 치중했다. 더 빠르게 더 많은 뉴스를 생산하는 것이 유리해지니 기사의 질은 점점 떨어졌다.

"[단독] 투병 중 ○○○ 1년 만에… 이럴 수가"와 같은 낚시성 제목들이 많아지고, "이를 본 네티즌은 '믿을 수 없다'는 반응을 보였다"는 식의 어뷰징 기사(검색어 기사)가 범람했다. 취재를 기반으로 한 기사보다는 텔레비전 방송을 보고 쓴 리뷰 기사 또한 증가했다. 안 보이는 곳에서 치열하게 취재해 가며 기사를 작성하는 기자도 여전히 있었지만, 낚시성 기사가 워낙 끊임없이 양산되다 보니 기자들에 대한 존중마저 가려졌다.

이는 광고 기반으로 움직이는 신문사의 비즈니스 구조 아래에서 이미 정해져 있던 결과이다. 하지만 그 대가는 상상 이상으로 처참하다. 2018년 1월 미국 퓨 리서치 센터Pew Research

Center에서 발표한 38개국 언론 신뢰도 조사 결과에서 한국은 부끄럽게도 마지막에서 두 번째인 37위를 기록했다. 우리나라보다 신뢰도가 낮은 국가는 그리스뿐이었다. 특히 첫 번째 질문인 정치 사안을 공정하게fairly 다루는가에 대해 응답자의 27%만 '그렇다'고 대답했다. 그 외 한국 언론은 정부에 대한 비판, 정확성, 중요성 등에서도 모두 낮은 평가를 받았다.[10]

또한 2020년 옥스퍼드대 부설 로이터 저널리즘 연구소가 실시한 40개국 언론 신뢰도 조사 결과에서도 한국은 최하위인 40위에 머물렀다. 실제로 2020년 한국언론재단진흥원이 실시한 연구에서 '한국의 뉴스 중에는 가짜뉴스가 많다'는 항목이 5점 만점에 3.67점을 기록한 반면 '특정 집단에 차별적이지 않다'는 2.55점, '특정 집단을 모욕하지 않는다'는 2.63점, '어린이나 청년들에게 해롭지 않다'는 2.7점에 불과했다.[11]

이러한 조사 결과는 이미 심각하게 낮아진 우리나라 언론 신뢰도의 현주소를 보여준다. 물론 이러한 현실에 기자들은 큰 책임을 지닌다. 하지만 그들을 기레기라고 지칭하며 모든 문제를 개인에게 전가하는 것은 신뢰도 회복에 도움이 되지 않는다.

사람들은 누구나 자신이 몸담은 환경에 영향을 받기 마련이다. 기자들이 낚시질에 열을 올리게 된 데에는 언론 환경이 오염된 탓도 배제할 수 없다. 그러니 언론 환경에 대한 감시와 비판의 목소리가 더 커져야 한다.

기레기,
사람을 쓰레기로 만드는 게 가장 쉽겠지만

포털 사이트는 계속 변하는 중이다. 사용자들이 포털에서 유튜브나 SNS로 이동함에 따라, 뉴스보다 더 재밌는 콘텐츠로 메인 화면을 채워가는 시도를 끊임없이 이어가고 있다. 자연스럽게 언론도 바뀔 것이다. 광고에만 집중하는 데서 벗어나 다른 형태의 비즈니스 모델을 찾으려 할 것이고, 이 과정에서 클릭만 노리는 기사 또한 줄어들지 모른다.

추상적이고 거대한 사회문제보다는 개인을 비난하기가 더 쉽다. 하지만 언론 산업 구조가 바뀌지 않는다면, 기자 정신 없이 클릭 수에 목을 매는 기자는 계속해서 탄생할 것이다. 이제는 본질적인 산업 구조에 책임을 묻는 것이 어떨까. 기레기라는 말에 발끈했던 기자들도 마음 한편에는 건강한 언론에 대한 부채감이 있을지도 모른다. 우리에게 진짜로 필요한 기사는 한 명의 영웅에게서가 아니라 언론계 자체가 건전해질 때에야 기대할 수 있을 것이다.

그냥
짜장면 드세요

결혼한 지 얼마 안 됐을 때의 일이다. 식사를 배달시키기로 하고 메뉴를 고민하던 중이었다. 이럴 때 짜장면만큼 익숙하게 떠오르는 음식은 없다. 짜장면 먹자는 말을 습관적으로 이렇게 내뱉었다.

"짱깨 시킬까?"

"그런 말 쓰지 마. 그냥 중국 음식이라고 하면 되잖아. 난 그런 말 쓰는 사람 교양 없어 보이더라."

"아, 그러네. 미안."

아내는 곧바로 나의 표현을 정정했다. 대수롭지 않은 실수처럼 넘겼지만, 신혼이라 속으로는 적잖이 부끄러웠다. 단순 실수가 아니며, 오랫동안 짜장면 대신 '짱깨'라고 불러왔다는 사실을 스스로 잘 알고 있어 더욱 그랬다. 짱깨가 멸칭이라는 건 이미 인지하고 있었다. 하지만 주변 사람들 모두가 그렇게 부르고 있기에 큰 잘못은 아니라고 여겨왔던 게 사실이다.

아내는 중국에서 1년간 유학을 했다. 유학 시절 마음을 나누었던 친구들 중에는 중국인도 있었다. 심지어 아내의 오빠는 그의 가족과 중국에서 13년째 살고 있다. 중국인은 그들에게 친구이자 회사 동료이다. 중국인을 비하하고자 짱깨라는 단어를 쓴 게 아니라 음식을 표현한 것일 뿐이라는 항변도 의미가 없었다. 어쨌든 그 단어를 입에 담았다는 것 자체가 그들이 어떻게 받아들일지를 한 번도 깊게 고민해 보지 않았다는 의미였기 때문이다. 당시 나는 이 표현을 사용함으로써 아내에게 가벼운 사람으로 비칠까 여간 걱정스러운 게 아니었다.

중국 음식을 짱깨라 부르는 것은 별난 일이 아니다. 대학교 동창들도, 회사 동료들도 그랬다. 영화 〈주유소 습격사건〉에는 이런 대사도 나온다. "전화 때려! 늬 집 말고 짱깨집에!" 짱깨는 영화나 방송에서도 쉽게 쓰는 표현이었다. 하지만 아내의 제지가 있기 전까지 면전에서 무안을 주는 사람은 없었다.

잘못됐다고 지적하는 사람이 없으니, 일상적으로 쓰고 익숙해졌다.

2019년 한국 농수산식품 유통공사의 조사 결과 짜장면은 1위인 치킨에 이어 한국인이 가장 사랑하는 배달 음식 2위를 차지했다.[12] 하지만 우리가 중국 음식을 식습관에 적극적으로 받아들인 만큼 중국인들을 관대한 시선으로 바라봤을까? 오히려 익숙한 음식을 빌미로 혐오를 일상 깊이 끌고 들어온 것 같다.

짱깨,
익숙한 음식이 혐오와 만날 때

SNS나 커뮤니티 게시물을 보면 중국인을 비하할 때 짱깨라는 말을 쓴다는 사실을 쉽게 알 수 있다. 짱깨의 어원에 대해 인천대 중국학술원 이정희 교수는 『화교가 없는 나라』에서 다음과 같이 말하고 있다. "한국인이 중국인을 비하할 때 종종 사용하는 '짱깨' 혹은 '짱개'는 바로 지배인을 뜻하는 '장궤'에서 유래된 것이다. 주단포목상점의 종업원들이 지배인을 중국어로 '장구이'라고 부르는 것을 조선인이 듣고 '짱깨'로 와전된 것이 아닐까 한다. 또 짱깨와 함께 중국인을 비하하는 말로 사용되는 '짱꼴라'는 일본어의 '장코로'에서 온 속어이다. 일본이 대만을 식민통치할 때 한족 중국인을 비하하는 속어로 '장코로淸國奴'라 불렀는데 일본인에 의해 조선에도 전해져서 조선인이 발음하기 편한 '짱꼴라'로 변형된 것이다."[13]

일본은 일제강점기 때 조선인을 '조센징'이라며 멸시했다. 우리는 침략에 대한 죄의식이 없는 일본의 역사의식을 증오해 왔다. 그런데 우리가 그토록 자주 사용하는 짱꼴라가 일본 제국주의의 잔재임을 알게 된다면, 예전처럼 거리낌 없이 말을 내뱉기는 힘들 것이다.

짱깨라는 표현에는 중국에 대한 혐오의 시선이 담겨 있다. 역사적으로 여러 차례의 침략과 전쟁이 있었기에 중국을 바라보는 시선이 달가울 수 없는 것은 당연하다. 정치적 관계 또한 복잡하다. 동북공정, 사드 배치에 대한 보복, 중국 어선의 영해 침범, 불법체류자 등 반감을 일으키는 사건은 늘 존재한다. 그래서 우리는 존중이 결여된 표현을 무신경하게 쓴다. 누군가 상처받을 수 있다는 사실을 미처 고려하지 못한 게 아니라, 때로는 누군가에게 상처를 주고자 고의적으로 사용하기도 한다.

요즘 SNS에서는 중국의 트위터와도 같은 웨이보에 올라온 게시글이 종종 공유된다. 중국어로 작성된 게시글을 누군가가 한국어로 번역한 것이다. 주로 한국 뉴스에 대한 중국인들의 반응을 옮겨놓는다. 이 말은 상대가 볼 수 없을 것이라고 생각한 공간에 적은 글도 인터넷을 통해 어떻게든 상대에게 전달될 수 있음을 뜻한다. 우리가 일상적으로 쓰는 짱깨라는 표현 역시 중국인들에게 번역되고 있을 수 있다는 의미이다. 눈앞에서 말하지 않더라도 얼마든지 상대의 귀에 들어갈 수 있는 세상이다.

중국인을 온라인상에서만 만나는 것도 아니다. 2018년 11월 기준 국내에 거주하고 있는 중국인은 모두 74만 6,630명으로 장기 체류 중인 외국인 전체의 45.2%에 달하는 수치였다.[14] 한국문화관광연구원이 운영하는 관광지식정보시스템에 따르면 코로나 이전, 2020년 1월의 중국인 입국자는 무려 48만 명이 넘었다. 중국인이 이렇게 주변에 많이 있는데 우리는 어떻게 짱깨라는 표현을 아무렇지도 않게 써왔던 것일까?

회사나 지인과의 모임 장소에서 여전히 "짱깨 먹을까?"와 같은 표현이 들리곤 한다. 하지만 "그 말 쓰지 말자"라고 말하는 데에는 제법 용기가 필요하다. 친하지 않은 사이에서는 더욱 그렇다. 그래서 어떻게 하면 기분을 상하게 하지 않고 이야기할 수 있을지를 늘 고민하고 연습하고 있다. "아, 짜장면 말씀하시는 거죠?" 능청스럽게 되묻는 것만으로도 효과가 있는 것 같아 열심히 말하는 중이다.

2011년에 국립국어원은 자장면보다 짜장면이 편하다는 국민들의 의견을 받아들여 짜장면을 복수 표준어로 인정했다. 시대의 흐름과 이에 따라 변화하는 사람들의 요구는 표준어 규정마저 바꾼다. 그러니 그냥 짜장면이라고 하자. 이제 짱깨라는 표현은 더 이상 쓰지 않아도 된다.

칭찬이라고?
기분이 나쁜데

'블랙 페이스' 논란이 온라인을 뜨겁게 달궜던 적이 있다. 졸업 사진을 재기발랄하게 찍는 것으로 유명한 어느 고등학교의 2020년 졸업 사진이 발단이었다. 몇몇 학생이 SNS에서 인기를 끌었던 '관짝소년단'을 코스프레해서 사진을 찍었다.

관짝소년단은 관을 들고 흥겹게 춤을 추는 모습으로 큰 화제를 모았던 유튜브 동영상 속 인물들을 지칭한다. 가나의 유쾌한 장례 의식은 전 세계적으로 화제를 모았고, 우리나라에서도 각종 커뮤니티를 통해 널리 퍼졌다. 이 동영상이 재미있는 밈으로 정착하며 세계적인 아이돌 그룹 방탄소년단의 이름을 딴 애칭까지 붙게 되었다.

　문제는 학생들이 영상을 패러디하기 위해 블랙 페이스를 했다는 것이다. 블랙 페이스는 흑인이 아닌 사람이 흑인 흉내를 내기 위해 얼굴을 검게 칠하거나, 두꺼운 입술을 과장해서 표현하는 무대 메이크업이다. 가나 출신의 방송인 샘 오취리는 이를 보고 개인 SNS에 입장을 남겼다. "참 2020년에 이런 것을 보면 안타깝고 슬퍼요. 웃기지 않습니다!!!! 저희 흑인들 입장에서 매우 불쾌한 행동입니다."[15]

　놀라운 건 한국 사람들이 이 지적을 받아들이지 못했다는 사실이다. "학생들은 그런 의도가 아니었는데 확대 해석한다", "관짝소년단 본인들이 괜찮다고 했다"는 식의 반응을 보이며 그의 비판을 수용하지 않았다. 사람들이 거센 반발을 보이자 샘 오취리는 영국 공영방송 BBC의 〈포커스 온 아프리카Focus On Africa〉에서 다음과 같이 아쉬움을 토로했다. "블랙 페이스가 많은 흑인과 다문화 국가에서는 금기시하는 부분이 있다. 흑인이 블랙 페이스를 모욕적으로 받아들이는 역사적 맥락을 알려주고 싶었다. 한국인들이 블랙 페이스에 얽힌 역사를 잘 모르고 왜 모욕적인지 이해가 부족해서 이런 일이 생긴 것 같다."[16]

　블랙 페이스는 미국 내 흑인 차별의 역사와 관련이 깊다.

1800년대 미국에서는 일종의 코미디 쇼인 민스트럴 쇼minstrel show의 인기가 높았다. 이 쇼의 주요 내용은 백인 배우가 흑인 역할을 맡아 과장된 노래와 몸짓으로 흑인을 희화화하는 것이었다. 이때 블랙 페이스는 흑인의 신체적 특징을 과장해서 조롱하기 위한 연출의 일종이었다. 흑인에 대한 차별과 혐오의 상징이었던 블랙 페이스는 1960년대 흑인 민권운동이 시작된 뒤에야 금기시되었다.

우리는 흑인들이 이 문제와 얼마나 오랫동안 싸워왔는지 잘 모른다. 하지만 설령 잘 모른다고 할지언정, 그들이 불편하다며 "이런 표현을 쓰지 말아주세요"라고 하는데, 그런 의도가 없었다고 대꾸하는 것은 분명 잘못된 일이다.

차별은 원래 당사자에게 가장 민감한 법이다. 2013년 2월, KBS1의 〈인간극장〉은 콩고 난민 가족을 다룬 '굿모닝, 미스터 욤비'를 방영했다. 당시 47세의 욤비 토나는 아내인 넬리와 네 자녀와 함께 한국에 살고 있었다. 가정 형편은 넉넉지 않았지만 항상 밝게 웃으며 생활하는 그는 한국 생활에 만족하는 것처럼 보였다. 그가 지하철 자리가 비어 있어도 앉지 않고 서서 출근하는 모습을 보기 전까지는 말이다.

"지하철에 타서 자리에 앉으면 옆에 사람이 안 앉아요. 양

옆자리에 안 앉아서 제가 세 자리나 차지해요. 그래서 서서 가는 게 오히려 편해요."

멋쩍게 웃는 그의 표정 때문에 낯이 뜨거웠다. 지하철에서만 그랬을까? 그는 일상에서 인종에 대한 편견, 차별과 싸우고 있었다. 한국에 정착한 지 12년째였던 그는 한국 문화만큼 차별에도 익숙해진 상태였다.

아프리카계 외국인들을 가리켜 우리는 오랫동안 '흑인'으로 불러왔다. 나아가 그들이 춤이나 노래, 스포츠 등 여러 분야에 다재다능하다며 '흑형'이라 부르기를 주저하지 않았다. 피부색을 기준으로 사람들을 규정하는 것은 금기가 된 지 오래지만, 여전히 우리나라에서는 그들의 재능을 칭찬하는 일이니 크게 문제가 되지 않는다고 여긴다. 특히 아프리카계 외국인들은 모두 춤을 잘 추고 노래를 잘 부른다는 프레임을 씌우기도 한다.

이에 욤비의 아들 조나단은 KBS의 예능 프로그램 〈해피투게더4〉에 출연해 흑형이라는 표현이 반갑지 않다고 말했다. 그의 가족이 지나갈 때면 한국인들이 "흑형이다"라고 수군댄다는 것이다. 아프리카계 외국인들이 여러 분야에 다재다능하다며 동경의 의미로 부르는 표현이라 할지라도, 누구도 반기지 않는 단어임을 주변에 알려달라고 호소했다.

방송 직후 일부 커뮤니티에선 토론이 벌어졌다. 누군가는 "황인, 백인, 흑인은 그저 구분하기 위해 쓰는 거다. 외국에서처럼 비하의 의미로 쓰는 게 아니다. 너무 민감하게 받아들이는 것 아니냐"라고 주장하기도 했다. 흑인을 대체할 표현에 대해서도 논의가 분분했다. 흑인 대신 아프리카계 미국인이라고 번역하면 되느냐는 것이었다. 표현이 생경했는지, "형이라고 부르는 건 그만큼 친근하다는 의미"라는 주장이 의외로 많은 수긍을 얻었다. 한국인들 사이에서 말이다.

흑인 모델, 흑인 가수, 흑인 농구선수, 흑인 무용수… 피부색을 언급하지 않아도 되는 상황에서도 우리는 습관적으로 그들을 '흑인'으로 구분하곤 한다. 만약 유럽 여행 중 유럽의 어린 아이가 우리를 가리켜 '옐로우yellow'라 부른다면 어떨까. 물론 우리를 비하할 의도는 없었을 것이다. 하지만 그렇다고 해서 그 말이 차별이 되지 않는 것은 아니다. 화자의 의도가 아니라, 그 표현을 받아들이는 당사자들의 마음이 더 중요하다. 특정 표현을 들을 때마다 그와 얽힌 아픈 기억들이 떠오른다면, 그래서 의도가 어쨌든 간에 당사자가 불편해진다면, 그 말은 쓰지 말아야 한다. 간단하지 않은가. 그들은 흑형이라고 불리는 것이 싫고, 블랙 페이스가 불쾌하다고 말하고 있는 것이다.

2002년 8월 1일, 국가인권위원회는 "크레파스와 수채물감의 색명을 지정하면서 특정 색을 '살색'이라고 명명한 것은 헌법 제11조의 평등권을 침해할 소지가 있는 것으로 인정된다"라며 기술표준원에 한국산업규격(KS)을 개정하도록 권고했다.[17] 이미 20년 전 특정 인종의 피부색만을 '살색'으로 규정하는 일이 평등권을 침해한다는 사실이 인정된 것이다. 우리는 진작에 살색이라는 이름을 버려야 했다. 하지만 지금까지도 뉴스 기사에서 '살색 드레스', '살색 양말' 등의 키워드가 검색되는 걸 보면 여전히 우리는 이 문제를 가볍게 여기고 있는 듯하다.

흑형,
당사자는 불쾌해하는 칭찬

외국인에 대한 낡은 표현은 더 있다. 바로 프로스포츠 종목에서 외국인 선수를 '용병'이라 부르는 것이다. 오래된 표현이라 어디부터가 문제인지 모르는 사람이 태반이다. 1997년 KBL 프로농구에서 처음 외국인 선수가 등장하면서 모든 미디어가 외국인 선수를 용병이라는 명칭으로 불러왔다. 하지만 여기에는 돈벌이 수단으로 전쟁에 참가한다는 '용병傭兵'의 뜻이 담겨 있다. 오직 돈을 버는 게 목적이라는 부정적인 의미가 강한 단어이다. 그럼에도 불구하고 많은 언론이 지금도 경각심 없이 외국인 용병이라 표현한다.

이런 낡은 단어가 없어지기 위해서는 모두의 노력도 필요하지만, 언론이나 미디어가 사용하지 않는 것이 중요하다. 대중은 뉴스를 통해 접한 단어들에 문제가 있을 것이라 생각하지 않기 때문이다. 언론에 대한 신뢰와는 별개로 말이다.

이외에도 우리가 여전히 외국인을 차별하고 조롱하고 있음을 알려주는 단어는 더 있다. '외쿡사람' 역시 그중 하나이다. JTBC의 〈비정상회담〉과 tvN의 〈문제적 남자〉 등에 출연해 잘 알려진 미국 출신 방송인 타일러 라쉬는 2017년 자신의 트위터에 이에 대한 문제를 제기했다.

"외쿡사람"이라는 표현은 나쁜 의도로 하는 말이 아니라는 건 아는데 왜 그렇게 기분이 찝찝한 걸까요? 저만 그런가요?? 왜 이렇게 거슬리지.

타자할 때 "외쿡사람"이라고 쓰는 건 오타는 아닌 거 맞죠? 일부러 치

그의 지적은 정확했다. 과거 개정 전 로마자 표기법에서는 기역을 K로 적었다. 자연스레 외국인들은 한국을 한쿡, 김치를 킴치로 읽었다. 외국인들의 자연스럽지 못한 기역 발음은 놀림의 대상이 되었다.

외쿡사람이 왜 차별의 단어가 될 수 있는지는, 그 반대의 사례를 생각해 보면 알 수 있다. 우리나라 사람이 영어 발음이 어색하다고 해서 미국인에게 놀림을 받는다면 어떨까? 미국 NBC의 유명 토크쇼 〈엘렌 드제너러스 쇼〉(줄여서 〈엘렌 쇼〉라고도 한다)가 2020년 2월 11일 봉준호 감독의 오스카상 수상을 축하한다며 공식 유튜브 채널에 올린 동영상은 큰 논란을 빚었다. "엘렌이 봉준호 감독에게 누드 사진을 보냈지만 봉준호 감독에게선 답이 없었다"라는 제목의 영상이었다. 영상에서 쇼의 진행자 엘렌은 미국 아카데미 4관왕을 수상한 〈기생충〉을 언급하며 "봉준호 감독의 통역사에게 문자를 보냈다. 봉준호는 다시 통역사에게 답장을 했고 통역사는 나에게 그걸 전달했다. 간단히 말해서 내 누드 사진을 보냈는데 답을 들을 수는 없었다"라고 이야기했다. 즉 봉준호 감독의 영어 실력이 완벽하지 못해 통역사를 거쳐야 한다는 것을 개그의 소재로 삼은 셈이다.[19]

이에 엘렌은 수많은 네티즌들에게 "전형적인 영어 중심주의이다", "인종차별적 발언을 했다"는 비난을 받았다. 그의 행동은 비영어권 사람은 영어가 익숙하지 않다는 당연한 사실을 간과한 채, 언어의 '차이'를 인정하지 않고 이를 '부족함'으로 바라보는 시선에서 기인한 것이다. 우리 또한 외국인들이 우리와는 다른 문화와 교육 과정을 거쳤음을 인정하고, 그들의 언어나 행동을 흉내 내는 것을 멈춰야 하는 이유이다. 서양권 외국인들에게만 해당되는 얘기가 아니다. 가까운 일본의 경우에도 그들의 발음을 '-스므니다'라고 표현하며 조롱하는 일이 허다하다. 하지만 진짜 우스운 것은 그들의 발음이 아니라 우리의 이런 행태일 것이다.

다행스럽게도 최근에는 외국인이 완벽하지 않은 발음으로 한국어를 구사하는 모습을 '귀엽다'며 놀리는 것이 제노포비아xenophobia, 즉 이방인에 대한 혐오 현상임을 지적하는 사람들이 늘어나고 있다. 여러 예능 프로그램에서 관행적으로 한국어가 서툰 외국인 아이돌 멤버의 발음을 놀리던 것에 이제는

2부 버려야 하는 말들의 목록

많은 이들이 비판적 시선을 보내고 있는 것이다. 실제로 몇몇 연예인이 사과를 하기도 했다.

　차별받지도, 차별하지도 않는 시대에는 모두가 발언에 대한 책임을 나누어 가진다. 그들이 멋있다거나 귀엽다고 느끼는 우리의 감정은 차별을 결정하는 요소가 아니다. 우리가 한 말을 그들이 어떻게 받아들일 것이며, 특정 표현이 어떠한 인식을 형성하는지를 예민하게 점검해야 할 시점이다.

5장

전 연령대를
향한 혐오

어린이는
환영받지 못한다

인스타그램에서 '골린이'라는 해시태그를 검색하면 35만 개에 달하는 게시물이 뜬다. 반면, '골프초보'는 10만 건, '골프입문'은 5만 건에 불과하다. 적어도 골프에서는 신조어가 표준어보다 더 많이 쓰이고 있다는 뜻이다.

골린이는 골프와 어린이를 합쳐서 만든 신조어다. 골프 초심자를 뜻하는 표현이다. 골프뿐만 아니라 '주린이'(주식), '요린이'(요리), '헬린이'(헬스) 등 많은 분야에서 '-린이'는 시작한 지 얼마 되지 않아 미숙한 사람을 지칭하는 접미사가 되었다. 귀엽고 친숙한 어감 때문인지 많은 이들이 거부감 없이 받아들여 자주 사용한다.

문제는 이 같은 표현이 어린이를 미숙하고 불완전한 존재로 전제한다는 점이다. 어린이를 초보자에 대입하는 접근에 어린이에 대한 존중이 있다고 보기 어렵다. 다행히 SNS에서 입문자를 어린이에 비유하는 표현에 문제를 제기하는 목소리가 커지고 있다.

> 첫 도전을 시작하는 우리는 모두 어린이!
>
> 시민 여러분의 도전과 어린이를 응원합니다.

2021년 어린이날을 맞이하여 서울문화재단이 주최한 온라인 캠페인은 네티즌의 항의로 하루 만에 종료되어야 했다. "첫 도전과 새로운 취미를 시작하는 'ㅇ린이' 인증사진"을 찍어달라는 이벤트는 나이와 상관없이 첫 도전을 장려하는 의도로 기획되었다. 하지만 사람들은 공공기관에서 어린이는 미숙하다는 편견을 내포한 표현을 사용하는 것은 부적절하다고 지적했다.[20]

어린이의 사전적 정의는 '어린아이를 대접하거나 격식을 갖추어 이르는 말'이다. 이에 반해 '-린이'의 조어 방식은 아이들을 어른의 잣대로 부족하다고 판단한 것이다. 어린이라고 해서 어른보다 서툴다고 단정할 근거가 없다. 수영을 예시로 들면, 어른이라도 자유형도 못 할 수 있고 어린이라도 접영까지 해낼 수 있다. 어쩌면 어른들이 단지 몸집이 크다는 이유로 어린이들의 생각과 능력을 평가절하하고 있는 중일지도 모른다.

-린이, 어린이는 미숙하다는 오만

어린이들이 이런 표현을 본다면 무슨 생각을 할까. 신문이나 방송에서 공공연히 주린이나 골린이 같은 표현들이 사용되는 것을 보면, 어린이들도 이를 당연하게 받아들이게 될 것이다. "주린이라 잘 몰랐다. 죄송하다", "골린이도 껴도 되나요?"와 같은 이야기를 들으며 어린이들은 스스로를 '부족한 상태'라고 단정 지을지도 모른다.

MBC 라디오 〈김종배의 시선집중〉은 2021년 어린이날을 맞이하여 미디어와 뉴스가 어린이들에게 지니는 의미를 다뤘다. 여기서 김지은 서울예대 교수는 어린이들이 미디어에 자주 등장하는 주린이와 같은 표현을 자신들의 이야기라고 인식

한다는 점을 지적한다. '-린이'의 조어 방식이 사용되는 맥락을 보며, 어린이들은 "어린이에 대해서 우리 사회는 까불고 잘 모르고 미성숙한 사람으로 생각하는구나. 나는 그런 사람이라고 사람들이 바라보는구나"라고 받아들인다. 어른들이 별생각 없이 사용하는 말 때문에 어린이들은 "온라인 사이트에 들어가면 나를 별로 반가워하지 않을까"를 걱정한다.[21]

"골린이를 대체할 표현이 있을까요? 밀레니얼 세대의 골프 취미에 대한 기사를 쓰려고 하는데, 골린이라는 해시태그는 많지만 골프 초보라는 해시태그로는 검색이 잘 안 되네요."

〈캐릿〉에 나갈 콘텐츠를 만들던 중 동료가 물어왔다. 골린이를 사용하지 않고서는 골프가 유행하는 현상을 제대로 설명할 수 없을 정도로, '-린이'가 초심자를 나타내는 신조어로 광범위하게 쓰이고 있는 것이다.

과거에는 주로 중장년층이 즐기던 골프가 최근에는 젊은 세대에서 유행하고 있다는 증거를 제시하기 위해 먼 길을 돌아야 했지만, 결국 골린이라는 표현은 쓰지 않기로 했다. 〈캐릿〉은 25세에서 40세 사이의 직장인을 타깃으로 하기에 어린이가 이 콘텐츠를 볼 가능성은 낮다. 하지만 언론과 미디어의 역할은 타깃 독자층의 관심을 끄는 것을 넘어 그들의 인식을 좌우

하는 데까지 나아간다고 믿는다. '-린이'라는 표현은 어린이를 낮춰서 생각하는 태도를 만들 수 있다. 따라서 미디어로서 책임의식을 가지고 어린이를 존중하는 태도를 보이기로 했다.

시간이 지나 어린이들이 사회에 진출하면, 시대의 흐름에 발맞추기 위해 우리는 상당 부분 그들에게 의존해야 할 것이다. 어린이들에게 미숙하다는 프레임을 씌우고 '노 키즈 존'을 만들어 그들을 배척하는 우리는, 그들을 미래의 동료로서 제대로 대우한다고 말할 수 있을까? 우리가 나중에 그들에게 존중받을 수 있을지 없을지는 지금 그들을 대하는 우리의 태도에 달려 있다.

2부 버려야 하는 말들의 목록

철없는 아이 취급은
언제까지일까

드라마 〈SKY 캐슬〉은 대한민국 상위 0.1% 명문가를 배경으로 자식을 서울대에 보내야만 하는 부모들과 서울대에 가야만 하는 자식들의 욕망을 적나라하게 그려 큰 화제를 모았다. 배우들의 연기력도, 범인이 누구일까 추리하게 만드는 연출력도 뛰어났지만, 부모의 바람이 그대로 전이되어 너무도 치열하게 경쟁하는 학생들의 삶이 가장 눈에 밟혔다.

한국 사회에서 자식은 부모의 보호뿐만 아니라 기대도 한 몸에 받는다. 부모로부터 받은 과한 사랑의 대가는 효孝이다. '효도는 못 할망정 부모의 등 골을 휘게 만든다'는 못마땅함이 담긴 '등골 브레이커'는 이렇듯 효를 중시하는 분위기에서 만들어졌다.

문제는 등골 브레이커가 또래집단에서 보편화된 패션 양식을 추구하는 대다수의 청소년을 지칭하는 단어가 됐다는 데 있다. 등골 브레이커가 본격적으로 사용됐던 시기는 2011년이다. 당시 교복 위에 패딩을 걸치는 것이 청소년들의 문화로 자리 잡았다. 그중에서도 노스페이스와 같은 아웃도어 브랜드가 특히 유행했는데, 이러한 브랜드의 제품은 기능성을 갖춘 것이다 보니 대부분 가격이 높았다.

교복 외에 다른 옷을 입는 것이 금지되었던 시기에 학교를 다녔던 이들은 십 대를 철없는 세대로 규정했고, 그들을 부모의 등골을 휘게 만드는 불효의 주범으로 몰아갔다. 몇몇 온라인 게시물도 영향을 미쳤다. 자식과 패딩을 사러 갔다가 높은 가격에 쩔쩔매는 부모의 모습을 생생하게 묘사한 글들은 자연스레 십 대에 대한 혐오를 불러일으켰다. 결국 이 세대는 브랜드 패딩을 입는 것만으로 놀림의 대상이 되어야 했다.

상당수의 청소년이 고가의 패딩을 사달라며 부모에게 부담을 지운 것은 사실이다. 하지만 부모에게 고가의 제품을 사달라고 조른 사람이 비단 이들뿐일까? 고가의 제품을 추종하는 소비 경향은 패딩에서만 벌어진 일이 아니다. 과거로 거슬러 올라가면 삐삐를 사달라고 조르던 세대가 있었고, 비싼 운동화나 가방을 사달라는 일은 비일비재했다. 돌이켜 보면 각자의 학창 시절에 크게 유행했던 값비싼 아이템이 하나쯤은 있기 마련이다.

다만 2010년대에는 온라인 환경이 발달함에 따라 십 대의 행동을 마음껏 비난하기 쉬운 환경이 조성되었을 뿐이다. 청소년기에는 누구나 다른 세대의 인정보다 내 세대 사이의 소통을 중요하게 여긴다. 고가의 패딩에 눈이 멀어 부모님을 힘들게 하지 말라고 훈계하는 이삼십 대의 말은 패딩을 입지 않으면 소외될 수도 있는 또래문화 속에 있는 십 대들에게 알지도 못하면서 비난하는 답답한 소리로 들렸을 것이다.

등골 브레이커,
십 대의 소비문화에 대한 혐오

요즘은 십 대를 등골 브레이커 대신 '급식이' 혹은 '급식충'이라고도 부른다. 초등학생부터 고등학생까지 급식을 먹는 학생들을 통칭하는 말로, 처음에는 일부 학생들을 가리켰지만 지금은 십 대 자체를 비하하는 표현으로 사용되고 있다. 이는 결국 다른 세대의 시선에서 십 대를 재단하는 것에 지나지 않는다. 먹는 것으로 놀리거나 괴롭히는 게 가장 유치하다고 말하면서, 정작 십 대를 먹는 것으로 놀리는 모양새이다.

급식이라 부르는 것은 청소년이 성숙하지 못하고 개념이 없다고 단정 짓는 행위이다. 근래에는 급식이에서 '잼민이'로 넘어가고 있다고 한다. 잼민이는 트위치에서 만들어진 신조어로, 어린아이들이 잘 몰라서 하는 행동을 비꼬고 비하할 때 사용하는 표현이다. 매번 명칭은 바뀌지만 결론은 하나이다. '십 대는 개념이 없고 예의도 없다.'

부디 우리 세대와 다른 방식으로 살아가는 더 젊은 세대에게 부정적인 프레임을 씌우지 않았으면 좋겠다. 그들 세대는 그들만의 방식으로 경험을 쌓고, 문화를 만들어나간다는 사실을 인정해야 한다. "저런 행위는 부모를 욕먹게 하는 일이다. 나 때는 그러지 않았다"와 같은 이른바 '라떼는 말이야'의 참견들이 지금 사회에서 얼마나 조롱받고 있는지 경험하고 있지 않은가.

2부 버려야 하는 말들의 목록

인생의 최고의 순간은
이십 대가 아니다

가끔 온라인에 올라온 고민 상담 글을 읽다가 깜짝 놀랄 때가 있다. "스물여섯 살인데 지금 어학연수 가도 늦지 않았을까요?" "다른 친구들은 연애도 하고 공부도 열심히 하는데 저는 막학기인데도 뭐 하나 제대로 해놓은 게 없는 것 같아요." 이십 대라면 당연히 아직 자기 자신을 잘 모를 수도 있고, 새로운 도전을 해도 늦지 않은 나이인데 많은 청춘이 자신의 나이가 많다며 스스로 '꺾였다'고 생각하는 경우가 빈번하다.

꺾였다는 표현이 영 못마땅한 것은 전성기라는 표현과 맞닿아 있기 때문이다. 사람의 인생을 최고점을 찍은 후 하향세를 그리는 그래프에 비유해, 가장 좋은 시기가 지났다고 이야기한다. 이십 대는 가장 화려하고 열정적으로 보내야 하는 시기라는 압박이 사회에 만연하다. 전성기라는 프레임 안에서 이십 대는 인생에서 가장 아름다운 시기로 정의된다. 하지만 신체 능력과 큰 연관이 있는 스포츠 분야를 제외하면, 대부분의 이십 대는 전성기라 말할 수 없다. 대학을 졸업하고 갓 사회에 나와 신입사원으로 일하고 있는 이들에게 빛날 만한 성과를 만들고 이름을 알릴 기회가 얼마나 되겠는가. 그저 사람들은 자신들이 놓친 젊음이 그리워 이십 대를 가장 아름다운 시기로 규정하고 있을 뿐이다.

꺾였다,
이십 대에겐 압박감을, 그 외 세대에겐 박탈감을

이런 분위기는 청춘에게 열정을 강요한다. 지금이 가장 좋은 때라고 압박해서 최고의 에너지를 쏟아야 한다고 부추긴다. 따라서 '열정 페이'를 마다하지 않고 젊은 시절 고생을 사서 하는 젊은이들이 생겨난다. 그럼에도 도저히 성과가 나지 않거나 에너지가 고갈되면 좌절감에 빠진다. 청년들은 최선을

2부 버려야 하는 말들의 목록

다한 전성기가 겨우 이 정도 수준이라는 사실에 절망하고, 보이지 않는 미래를 비관적으로 그리며 열정을 거두게 된다.

한때 '아프니까 청춘'이라는 말이 유행처럼 번진 적이 있었다. 청춘들은 마땅히 열정이 넘쳐야 하므로, 궂은일도 참고 견뎌야 한다고 배웠던 때이다. 하지만 곧 '청춘은 아프지 않아도 된다'라는 말이 청년들을 사로잡았다. 꺾이기 전에 서둘러 달리기만 했던 청년들도 휴식이 필요하다는 사실을 깨달았기 때문이다. 이십 대는 쉬지 않고 자기계발을 해야 하는 시기가 아니라 잠깐 쉬어도 괜찮은 나이이다.

쉰 살에 아카데미 시상식에서 4관왕을 차지한 봉준호 감독을 보고 이십 대만이 전성기라 말할 수 있는 사람은 없을 테다. 대한민국 문학을 대표하는 박완서 작가가 첫 소설을 발표하고 등단한 나이는 마흔이었다. 미국의 국민 화가인 애나 메리 로버트슨 모지스Anna Mary Robertson Moses는 일흔여섯의 나이에 본격적으로 그림을 그리기 시작해 5년 만에 개인전을 열고 백 살에 세계적인 화가가 되었다. 그의 책 제목처럼 인생에서 너무 늦은 때란 없다.

대부분의 이십 대에는 특별한 일이 일어나지 않는다. 사람의 나이에 꺾이는 시점은 없다. 애초에 사람의 삶은 그래프와 같이 객관적 수치에 따라 꺾이는 것이 아니다. 과거에는 여성들에게 "여자 나이 스물다섯이면 꺾인 거지"라는 말을 아무렇지도 않게 하는 사람들이 있었다. 지금 이러한 전제는 너무도 구시대적이라 의식 없이 이야기했다간 뭇매를 맞아도 항변의 여지가 없다. 세상이 바뀐 지 오래이다. 이십 대를 전성기로 보는 시선도 이제는 바뀌어야 하지 않을까? 인간의 기대수명이 백 세나 되는 시대이다. 이제 막 인생의 오분의 일을 왔을 뿐인데 꺾였다고 말하는 건 너무 성급한 일이다.

모든 연장자에게
붙는 말

블라인드 앱에 들어가 보면 저마다 회사와 조직문화에 대한 불만을 털어놓고 있다. 복지나 처우의 수준도 문제지만, 직장인들이 가장 견디기 힘들어하는 건 바로 '꼰대 문화'이다. 구시대의 사고에 갇혀 변화를 받아들일 여유가 없는 어른들이 병폐의 주범이다. 사람들이 '꼰대'를 신랄하게 비난하는 모습을 보고 있으면 나 자신도 돌아보게 된다. '꼰대가 되면 안 되는데 나도 말을 좀 더 줄여야 하나?'

바야흐로 꼰대 주의보의 시대이다. 꼰대로 낙인찍히면 최악의 어른이 되는 건 시간문제이다. 비이성적이고, 폭력적이며,

무례하고, 소란스러운. 세상의 모든 나쁜 수식어는 꼰대라는 단어 앞에 찰떡같이 달라붙는다.

2019년 9월 23일, 영국 국영방송 BBC는 오늘의 단어Word of the Day로 꼰대kkondae를 선정했다. 재벌chaebol, 갑질gapjil에 이어 우리 사회의 갈등을 그대로 보여주는 단어가 또 세계에 알려졌다. BBC는 꼰대에 대해 이런 설명을 덧붙였다. "(상대는 항상 틀리고) 늘 자신만 옳다고 믿는 나이 많은 사람."²²

최근 세대 갈등의 핵심 단어로 떠오른 것이 바로 꼰대이다. 과거에 꼰대는 '영감탱이' 정도의 의미로, 젊은 세대가 아버지나 선생님 등의 기성세대를 부르는 은어에 불과했다. 하지만 온라인 환경의 발달로 다양한 문화를 받아들여 온 밀레니얼 세대가 사회에 진출하며 꼰대는 더 포괄적인 의미를 가지게 되었다. 정보의 벽이 무너짐에 따라 개방적인 태도를 가진 아랫세대는 비교적 경직된 사고를 지닌 윗세대를 이해하지 못했다. 초기 꼰대는 삼십 대 후반 이상의 직장 상사를 대변하다가, 얼마 지나지 않아 이십 대 초반의 대학생들이 이십 대 후반 이상을 통칭하는 말로, 또 십 대가 이십 대를 가리키는 표현으로 확장되었다. 즉 꼰대는 특정 세대를 지칭하기보다 갈등 상황에서 언제든 연장자에게 붙일 수 있는 표현이 되었다.

이십 대들은 꼰대와 어른을 어떻게 구별할까? SNS에서 재밌는 답변을 발견했다.

꼰대 : 라떼는 말이야

어른 : 라떼를 그냥 사주심

꼰대 : 없으면서 조댕이만 베푸는 사람

어른 : 돈 많고 잘 베푸는 사람

꼰대 : 자신의 경험을 토대로 한 가지 방법을 강요

어른 : 자신의 경험을 토대로 여러 가능성 중 한 가지를 제시[23]

꼰대를 설명하는 방식은 저마다 달랐지만, 결국 꼰대를 규정하는 기준은 '대화'에 있었다. 자기의 경험을 절대적인 기준으로 삼아 대화의 주도권을 쥐려고 하면 꼰대로 취급받는다. 대화의 주도권이 연장자에게 몰려 있는 직장을 중심으로 꼰대

문화에 대한 문제의식이 확산한 것도 이 때문이다.

기성세대에게도 억울한 측면은 있다. 경직된 조직 분위기 속에서 사회생활을 시작했던 기성세대는 윗사람의 말에 옳고 그름을 따지기보다 그대로 충성하는 데 익숙하다. 물론 본인들도 후배였을 때 자신의 말만 맞다고 우기는 선배들이 싫었겠지만, 지나고 보면 선배들의 말이 맞았던 때도 있고 그들의 경험에 도움을 받은 적도 있었을 것이다. 그래서 가랑비에 옷 젖듯 상명하복 문화에 젖어들었을 가능성이 크다. 그러던 그들이 막상 선배가 되자, 후배들이 자신의 말을 따르기는커녕 꼰대라는 말로 선을 긋고 소통을 거부하니 괜스레 억울한 마음에 더 큰 목소리를 내는 것일 수도 있다. 그들도 세상이 변했다는 사실은 알 것이다. 다만 자신이 어떻게 변해야 할지 모를 뿐.

그나마 다행스러운 점은 조직원 사이의 세대 갈등을 해결하기 위해 회사 분위기도 변화하고 있다는 점이다. 많은 기업이 조직문화를 점검하고, 상명하복의 의사 결정 구조에서 벗어나 자유로운 토론이 가능한 문화를 정착시키려 하고 있다.

그러나 꼰대라는 단어는 여전히 회사 안팎에서 빈번하게 사용된다. 일상에서 남발되는 이 단어가 불편한 건 나와 의견이 다른 어른을 한데 묶어 비난하는 강력한 힘이 담겨 있기 때문이다. 지금의 삼십 대와 오십 대가 다르듯, 지금의 이십 대와 삼십 대가 다르고, 십 대와 이십 대 역시 또 다르다. 서로 다른 문화를 겪으며 자라왔으니, 문제를 대하는 관점에도 차이가 있고, 해결하는 방식도 제각각이다. 결국 의견이 같을 경우보다 다를 가능성이 더 높다는 뜻이다.

그럴 때마다 우리는 의견을 주고받으며 합의점을 찾아야 한다. 경험을 토대로 한 연장자의 해결책이 효과적일 때도 있을 테고, 반대로 시스템에 얽매이지 않은 젊은 세대의 창의적인 의견이 빛날 때도 있다. 기성세대가 "젊은 사람이 뭘 알아?" 하며 내 의견을 묵살했을 때 기분이 나빴던 적이 누구나 한 번쯤은 있을 것이다. 하지만 윗사람의 의견을 "저놈의 나 때는 또 시작이군"이라 치부하며 꼰대라 규정하는 순간, 우리도 그들과 다르다 할 수 없다. 의견은 당연히 다를 수밖에 없다. 관건은 어떻게 해결해 나가는지에 있다.

나이 듦은
비난받아 마땅한가

회사 동료인 A는 올해 딱 50세이다. 그는 건강한 편이다. 매일 헬스를 다니고, 팔굽혀펴기도 몇십 개씩 한다. 치아 상태도 꽤 좋다. 틀니를 끼지도 않는다. 하지만 온라인에서 '틀딱'이라는 표현을 볼 때마다 불편하다. 언젠가 저런 소리를 들을까 겁이 나기 때문이다. 마치 자기에게 하는 말로 느껴진다고 한다.

틀니를 부딪칠 때 나는 딱딱 소리에서 유래한 틀딱은 2010년 대 중반 대한민국의 극우 단체인 '어버이 연합'의 극단적인 행위를 비난하는 뉴스 댓글에서 시작되었다. 하지만 그 후 노인들의 행동이나 발언 등이 여러 커뮤니티에서 논란이 되며 노인 세대 전체를 비하하는 대표적인 표현으로 자리 잡았다.

아이러니한 건 대부분의 노인은 젊은 세대가 그들을 틀딱이라고 부른다는 사실을 모른다는 거다. 그들이 알아듣지 못하는 표현으로 비하하며 낄낄대는 것만큼 부끄러운 행동은 없다. 피해는 고스란히 틀딱의 의미를 알고 있는 사람들의 몫이 된다. 틀딱이라고 폄하하는 말을 들을 때마다 불편해지는 건 노인보다는 조금 더 젊은 세대이며, 이들은 비하의 대상인 노인들과 한 부류로 묶일까 두려워하기까지 한다.

이제 사십 대 초반인 직장 동료 B 역시 틀딱이란 표현이 불편하다고 한다. "어머니가 틀니를 끼세요. 그런데 틀니를 낀다는 사실을 부끄러워하시더라고요. 결국 틀딱은 신체의 불편함을 놀리는 거잖아요." 우리의 가족 중에 그들이 있다. 이 표현이 불편한 사람들은 이런 농담에 끼지 않는다. 농담이라 치부하고 웃어넘기는 세상은 오직 차별과 혐오에 익숙한 사람들만이 속한 작은 울타리 안일 뿐이다.

지금은 노인뿐만 아니라 삼십 대, 심지어는 이십 대까지 틀딱이라 불리곤 한다. 유행을 잘 따라가지 못하고 조금만 고리타분한 모습을 보이면 틀딱 딱지가 농담처럼 붙는다. 이러한 사고방식은 나이 많은 사람들에 대한 혐오를 전제로 깔고 있다. '당신들 사고방식이 노인들과 다를 게 뭐야?'라는 항의의 의미라곤 하지만, 본질은 나이 듦에 대한 혐오라는 사실을 부인할 수 없다.

어쩌다 노인이 공경의 대상이 아닌 혐오의 집단으로 전락했는가를 생각해 봤다. 사회는 빠르게 변화하는 반면, 그들의 가치관은 멈춰 있다는 이유가 가장 클 것이다. 그동안 나이를 무기로 젊은 세대에게 자신의 생각을 강요해 온 태도도 한몫했을 것이다. 상대가 어리다고 해서 커뮤니케이션에 고압적으로 임하는 일부 노인의 방식이 정당화될 수는 없다. 하지만 그렇다고 해서 모든 노인을 틀딱이라 부르는 사회야말로 폭력적이고 잔인한 것이 아닐까.

틀딱,
과녁을 잘못 찾은 나이 듦에 대한 혐오

SNS에서 패스트푸드 매장의 키오스크 때문에 어머니가 우셨다는 내용의 글이 화제가 됐던 적이 있다. 작성자의 어머니가 햄버거를 주문하러 갔는데 키오스크가 익숙하지 않아서 20분 동안 헤매다가 그냥 돌아왔다는 것이다. 작성자의 어머니는 "엄마 이제 끝났다"며 눈물을 펑펑 쏟으셨다고 한다. 변화에 발 맞추지 못하는 이들에게 우리 사회는 잔인할 정도로 차갑기만 하다. 세상과 단절된다는 공포는 노인들에게 벌써 가까이 와 있다.

한국 사회는 유례없이 빠른 속도로 고령화가 진행되고 있다. 2019년 인구주택총조사 결과에 따르면 고령 인구는 전체 인구의 15.5%를 차지했다.[24] 2025년에는 20%가 넘어 초고령 사회에 진입할 것이라고 전망된다. 이렇게 빠르게 노인 인구가 증가하는 시대에 우리는 그들과 대화해야 할까, 아니면 그들을 차단해야 할까. 사회 전체가 노인과 소통해야 하는 시점이다. 노인 혐오는 우연히 생겨난 것이 아니라, 불통을 그대로 남겨둔 결과이다.

평소 치아가 튼튼하지 않아 치과에 꾸준히 다니고 있다. 언젠가는 틀니를 끼게 될 것이라 생각한다. 만약 그때에도 틀딱이라는 표현이 남아 있다면, 나는 세상과 동떨어진 집단으로 구분될 것이다. 노인 혐오를 없애지 못했다는 뜻일 테니 말이다. 우리는 모두 노인이 된다. 그저 농담이라 생각하며 틀딱이라는 표현을 쓰다 보면, 언젠가 우리도 똑같은 놀림을 돌려받을 수밖에 없다.

6장

단어의

성별

일하는 여성이
왜 칭찬받아야 하지

'워킹맘'이라는 표현이 늘 마음에 걸린다. 사전적 정의가 잘못됐다는 건 아니다. 그저 '일하는 엄마'를 뜻하는 말이니 말이다. 하지만 워킹맘이라는 표현이 별도로 존재해야 하는 현실과 이에 따라붙는 시선을 다시 생각해볼 필요가 있다. 일하는 아빠를 이르는 '워킹대디'가 어색하게 느껴지는 걸 보면, 확실히 워킹맘과 워킹대디는 동일선상에 놓였다고 할 수 없다.

워킹맘은 바라지 않은 칭찬과 부당한 질책을 함의한다. "워킹맘 힘드실 텐데, 대단하시네요." 남성들은 보통 워킹맘을 이렇게 칭찬의 의미로 사용한다. 그간 여성은 직장 생활을 포기한 채 육아에 전념하고, 남성은 소득을 책임지는 것이 일반적이었다. 그러니 육아와 일을 병행하는 여성은 결국 남성의 시선에서 여성이 육아와 일을 병행할 수 있다는 증거가 된다. 아이도 키우면서 어떻게 일까지 잘 해내느냐는 놀라움은 진심 어린 칭찬이기도 하지만, 한편으로는 경제적 부담도 나눠 가지며 아이도 키워주는 '슈퍼우먼'의 사례가 되어 육아의 고충을 얘기하는 다른 여성의 목소리를 짓누르는 데 악용되기도 한다.

한편 '워킹맘인데 실적이 최고래. 대단해'와 같은 시선 역시 여성에게 '독하다'는 프레임을 씌운다는 측면에서 달갑지 않다. 실제로 한 직장 동료는 독하다는 말이 그렇게 오랫동안 기억에 남았다고 이야기했다. 평균적인 수준을 상회할 정도로 일에 매달렸더니 사람들이 독하다고 했다는 것이다.

"독하다는 수식어는 여성한테만 붙는 거 같아. 남성들한테는 그냥 일 열심히 한다고 하잖아."

수많은 남성이 아빠이자 직장인이다. 하지만 이들에게 "아이 키우면서 성과를 잘 내시네요"라고 칭찬하는 일은 드물다. 육아가 힘들다는 데는 모두가 공감하지만, 남성에게는 워킹대디로서 대단하다고 말하지 않는 것은 이미 남성과 여성의 육아 참여 정도에 차이가 있음을 모두가 인정하기 때문인지도 모른다.

이러한 불균형은 국가가 내놓는 다양한 육아 관련 정책에서도 엿볼 수 있다. '워킹맘을 위한 보육비 정책', '워킹맘을 위한 돌봄 서비스'…. 엄마와 아빠 모두 육아와 일을 병행할 수 있어야 함에도 불구하고 정책들은 여성만을 위해 존재한다. 이는 결국 육아는 여성들의 일임을 규정한다. 워킹맘을 위한 정책이 아니라 맞벌이 부부를 위한 정책이 필요하다.

워킹맘,
육아와 일을 병행하는 특수한 존재

'육아대디'는 직장에 다니지 않고 아이를 양육하는 아빠를 뜻한다. 이는 워킹맘의 연장선에서 남성에게만 붙는 표현이다. 물론 사회에서 남성이 육아를 전담하는 경우가 아직은 소수이기에 구분하여 부르는 것일 수도 있다. 그렇지만 그 방식을 특별하게 생각하고 칭찬하거나 비판할수록 육아가 여성의 일이라는 관점은 바뀌지 않을 것이다.

지난해에 우리 부부에게도 아이가 생겼다. 지인들에게 열심히 묻고 들어 어느 정도 각오를 했었지만, 육아는 예상보다 훨씬 더 어렵고 힘들었다.

육아를 전담으로 하는 여성에게 으레 "일하지 않고 집에서 쉬면서 아이를 본다"라고 말하곤 한다. 육아가 일보다는 훨씬 쉽다는 생각에 나온 말일 것이다. 하지만 아이를 낳고 보니 이 표현이 얼마나 얼토당토않은지 깨달았다. 새벽에는 돌아가면서 아이를 돌봤지만, 내가 출근하고 나면 육아는 꼼짝없이 아내의 몫이 되었다. 아침 8시부터 내가 집에 돌아오는 저녁 8시까지 무려 12시간 동안이나 말이다. 그러니 '하루 종일 회사에서 힘들게 일했으니, 저녁엔 쉬어야지'와 같은 이기적인 생각을 할 수 없었다. 같은 시간 동안 아내는 집에서 육아와 가사를 전담했고, 나는 회사에서 일을 했다. 우리 모두가 바쁘고 정신없는 하루를 보냈다. 그러니 저녁과 새벽의 육아는 당연히 공동의 몫이다.

한동안 우리 사회엔 '맘충'이라는 혐오 표현이 가득했다. 아이를 키우는 엄마를 비하하는 표현을 거리낌 없이 사용하는 사회에서 누가 아이를 낳으려고 할까. 우리 사회는 육아의 책임이 한쪽으로 기울어져 있다는 사실을 놓친 채 여성에게만 비하의 표현을 붙인다.

"우리 집사람이…", "우리 안사람이…". 가족 내에서 여성의 역할을 규정짓는 표현은 아직도 많이 남아 있다. 지금 이 시대에 우리에게 필요한 건 육아에 대한 시선의 전환이다. 육아가 여성의 일이 아니라 부부의 일임을 인지하고, 육아가 직장 생활보다 쉬운 일이라는 편견에서 벗어나야 한다. 워킹맘이 워킹대디와 동일한 선상에 있을 때 비로소 우리는 워킹맘에 담겨 있는 불편한 무거움을 덜어낼 수 있을 것이다.

조선시대에도 없던 여성상을
대한민국에서 찾더라

지인 중에 꿈이 현모양처라고 말하던 이가 몇 있었다. "참하게 생긴 것이 맏며느릿감"이라고 어르신이 칭찬하면 "감사합니다"라고 말하는 분위기였다. 불과 얼마 전까지만 해도 말이다.

현모양처는 지금 시점에서 보면 낡은 단어가 확실하다. 흔히 유교 사상에서 비롯된 표현이라고 오해하지만, 사실 조선시대에는 현모양처라는 말이 없었다고 한다. 이 단어가 본격적으로 사용되기 시작한 건 20세기 초반으로, 일본에서 유래했다. 메이지유신 이후 일본 내에서 남성 노동력 수요가 폭발하자, 이때부터 강도 높은 노동에 지쳐서 들이온 남편의 비위를 맞춰주고 가정일에 최선을 다하는 여성, 즉 '양모현처良母賢妻'라는 말이 생겨났다. 이 말이 한국에 들어오면서 변형된 것이 현모양처이다.

지금은 '여자다움'과 '남자다움'이라는 프레임에서 벗어나려고 노력하는 시기이다. 여성스럽다는 표현을 거부하고 남자다워야 한다는 기준을 없애기 위해 많은 사람이 목소리를 내고 있다. 이런 때 가장 먼저 버려야 할 것이 현모양처, 맏며느릿감과 같이 여성의 행동거지를 규정하는 표현들이다.

현모양처,
바람직한 여성상의 굴레

'왈가닥'이라는 표현이 있다. 국어사전에서는 '남자처럼 덜렁거리며 수선스러운 여자'라고 설명하고 있다. 남자와 여자의 역할을 정의하며 모두를 동시에 깎아내리는 표현임에도, 우리는 아무렇지 않게 일상적으로 쓴다.

비슷한 맥락에서 '학부형學父兄'이라는 단어도 눈에 띈다. 학창 시절 부모님께 드리는 편지나 공문은 늘 학부형이라는 표현으로 시작했다. 하지만 이 단어는 학생의 보호자로서 학생

2부 버려야 하는 말들의 목록

의 아버지나 형만을 의미한다는 것을 나중에야 알게 됐다. 어머니는 학부형에 포함되지 않았던 것이다.

이 외에도 과거 성 역할의 차이가 만들어낸 표현은 사실 굉장히 많다. 남성은 집안의 가장으로서 외부 활동을 주로 하고, 여성은 가사를 중점적으로 맡아 하던 시대였기 때문이다. 하지만 성별에 따른 역할의 구분이 희미해진 현대에도 이러한 표현이 여전히 남아 있다는 것이 문제이다. 일상적으로 쓰이는 '아빠다리' 또한 마찬가지이다. 이는 아버지만 가부좌로 앉을 수 있었던 데서 유래한다. 과거에는 남성들만이 관직을 차지할 수 있었기에 '양반다리'라고 불리기도 했다. '안사람'도 가사 활동을 하며 집 안에만 있다고 하여 아내를 낮잡아 부르던 말이다. 과거에는 사회적 상황이 그랬으니 구별할 수밖에 없었다고 변명이나마 할 수 있겠지만, 지금은 더 이상 쓸 필요가 없는 단어임을 인정해야 할 것이다.

심지어 오래전부터 관습적으로 써 왔던 표현 중에서는 의미를 알고 나면 사용하기가 무서운 단어들마저 있다. '미망인未亡人'이 대표적인데, 국어사전에서는 미망인을 '남편과 함께 죽어야 할 것을 아직 죽지 못하고 있는 사람'이란 뜻으로, 과부가 스스로를 겸손하며 일컫는 말'이라고 설명하고 있다. 남편이 죽으면 아내도 따라 죽어야 한다는 것은 대체 얼마나 오래된 이야기일까. 여전히 뉴스 기사에는 'ㅇㅇ시, 참전유공자 미망인에게 명예수당 지급'과 같은 제목이 붙어 있다. 이토록 낡은 표현이 2021년에도 여전히 쓰이고 있다는 사실은 참 부끄럽고 슬프기까지 하다.

이제는 아내의 역할을 다시 생각해볼 시기이다. 동명의 인기 웹툰을 원작으로 한 웹드라마 〈며느라기〉는 한국 사회가 가져온 현모양처에 관한 기대감과 그에 대한 여성의 피로감을 그대로 보여주어 큰 공감을 불러일으켰다. 좋은 며느리이자 아내라면 명절에 열심히 음식을 만들어야 하고, 가족 행사는 잊지 않고 챙겨야 하며, 출근하는 남편이 굶지 않게 아침밥을 차려야 한다. 이런 식의 여성에게만 희생을 강요하는 이야기는 이제 환영받지 못한다. 아내는 가족을 챙기는 사람이 아니라 가족의 구성원이라는 당연한 사실을 이제는 사회가 인정하고 받아들여야 할 때가 됐다.

몇 해 전부터 '걸 크러시girl crush'라는 신조어가 많이 쓰이고 있다. '여자가 반할 정도로 멋진 여자' 정도의 의미로, 줄여서 '걸크'라고도 한다. 그 의미가 명확히 확정된 것은 아니지만, 걸크라는 표현이 따라붙은 연예인들을 살펴보면 대부분 눈치

보지 않는 당당한 태도와 속 시원한 직설적인 화법을 공통적으로 가지고 있다. 이는 모두 현모양처와 대척점에 있는 특성으로, 예전에는 '여성스럽지 못하다'고 받아들여졌던 것이다.

아직 여성에게 구시대의 덕목을 요구하는 사회적 분위기가 완전히 없어졌다고는 할 수 없다. 하지만 다행스럽게도 이제는 바람직한 여성상을 규정하는 일 자체가 무의미해지는 것 같다. 누군가의 어머니, 누군가의 아내로서 역할을 다하기보다 개인의 존재가 더 중요하다고 말하는 것이 당연한 시대에 모두가 발맞추어 가기를 바란다.

처음에 대한
집착

"버진 로드는 높은 게 트렌드예요. 결혼식의 주인공은 신부잖아요."

결혼식과 관련된 용어는 전문적이고 복잡해서 웨딩 플래너의 설명을 듣지 않으면 이해할 수 없는 것이 많다. '버진 로드 virgin road'도 그중 하나이다.

결혼식장에서 신부와 신랑이 걷는 길을 일컬어 버진 로드라고 한다는 걸 결혼식을 준비하며 처음 알았다. 영어 단어라 당연히 미국에서 넘어온 표현인 줄 알았다. 하지만 원어인 척하는 콩글리시였다. 영어에는 버진 로드라는 단어가 없었다.

2부 버려야 하는 말들의 목록

버진 로드는 일본에서 만들어져 우리나라로 넘어온 표현이다. 〈버진 로드ばあじんロード〉는 일본에서 1984년에 제작된 영화의 제목으로, 1997년에는 동명의 드라마가 방영되기도 했다. 일본과 우리나라에서는 유난히 '처녀성'에 집착해 왔다. 결국 처녀에 대한 강박이 버진 로드라는 표현을 널리 쓰이게 한 것이 아닐까 싶다.

여자는 순결해야 하고, 모든 일에 능숙하지 않고 경험이 부족해야 했다. 아무것도 몰라 부끄러워하며 조심스럽게 행동하는 모습이야말로 그간 한국 사회에서 프레임에 가둬놓았던 '처녀'에 대한 이미지이다. 그래서 처녀라는 표현은 사람을 가리킬 뿐만 아니라, 다양한 상황에서 비유적으로 사용돼 왔다. '처녀작', '처녀 출판' 등이 그것이다.

버진 로드,
'처녀'에 대한 집착이 만들어낸 콩글리시

골프에서는 처음 필드에 나가는 걸 '머리 올린다'라고 말한다고 한다. 첫 홀에서 티샷을 하기 전, 티를 꽂고 공을 올리는 과정을 빗댄 표현이다. 하지만 이 말은 '기생이 처음 손님을 맞을 때 머리를 얹는 행위'나 '처녀가 시집갈 때 댕기머리를 족두리로 올리는 것'에서 비롯된 것이다. 어떤 의미든 여성의 첫 경험을 빗대 부르고 있다. 첫 출전을 굳이 낡디낡은 표현을 끄집어내어 축하할 필요가 있을까.

처녀라는 단어의 사전적 정의는 네 가지이다. "1. 결혼하지 아니한 성년 여자 2. 남자와 성적 관계가 한 번도 없는 여자 3. 일이나 행동을 처음으로 함 4. 아무도 손대지 아니하고 그대로임."

시대가 변했다. 첫 번째 의미를 제외하면 나머지 의미로서의 처녀는 이제 필요 없다. 그냥 '첫 작품', '첫 출전'이라 부르면 된다. 그렇다면 버진 로드는 뭐라고 불러야 할까. 외국에서는 간단하게 통로aisle라고 한다고 한다. 삼십여 년 전의 뉴스를 살펴보면 우리나라에서는 '꽃길'이나 '주단'이라는 명칭을 사용했음을 확인할 수 있다.[25] 명칭이야 어찌 됐건, 신랑과 신부가 함께 걷는 길이라는 의미가 중요할 것이다. 처음이 아니란 말이다.

부담스러운
주인공 자리

대학 시절 내 전공은 전자공학이었다. 공대 중에서도 전자과는 특히나 성비 불균형이 심해 남학생이 여학생보다 10배 이상 많았다. 그러니 MT를 가면 여학생 1명에 남학생 12명이 묶여서 한 조가 되었다. 소수였던 여학생은 늘 관심의 대상이었다.

10명당 1명 있는 여자 공대생은 유명했던 모 광고처럼 '공대 아름이'라는 상징성을 가졌다. 남자 선배들은 여자 후배에게 언제나 흔쾌히 밥을 사주었고, 과제를 도와주었으며, 시험 족보를 건네주기도 했다. '홍일점'이라 부르며 나름대로 귀하게 대우해 준 것이다. 선배민 그런 것은 아니고, 동기들도 비슷했다. 공대에선 흔하게 있는 일이었다.

하지만 이 모든 일에는 대가가 있었다. 여학생들을 떠받드는 것처럼 행동할 때도 있었지만 동시에 화기애애한 분위기를 만들기 위해 이용하기도 했다. 술자리에 여학생이 없으면 재미없다고 말하는 일이 흔했고, 기회만 있으면 여학생을 연애의 대상으로 보고 누군가와 연결하려고 했다. 홍일점이니까 단체 모임에 빠질 때에도 상대적으로 더 많은 눈치를 봐야 했고, 홍일점이니까 과할 정도로 사생활을 공유당해야 했다.

홍일점이라는 표현에는 관계를 연결하는 힘이 있다. 이 한 송이 꽃과 같은 여성은 대우받아야 하고, 당연히 남성들 모두가 일거수일투족에 관심을 가져야 하고, 그러다 보면 때에 따라선 이 그룹 내에서 짝도 찾아야 하고, 뭐 이런 식이다. 이 특이한 구조가 형성되면 여성과 남성은 동등한 관계가 아니라, 세계관이 짜인 이상한 관계에 놓인다.

이 세계관 안에서 다수는 즐거울지언정 당사자는 큰 부담을 느끼게 된다. 홍일점은 잘못을 해도 용서받을 수 있지만, 그 무언의 면책권은 개인에게 압박으로 되돌아온다. 원치 않은 특혜를 받는다는 이유로 공평함을 중시하는 사람에게는 미움을 사게 만드는 이상한 상황이 홍일점으로부터 비롯된다. 그러니 여성들에게 홍일점은 전혀 달가운 표현이 아니다.

홍일점,
당사자는 원하지 않는 특별한 대접

물론 반대의 경우도 있다. 한 명의 남성과 다수의 여성으로 구성된 그룹에서는 '청일점'이라 부르며 남성을 귀하게 대하는 일이 벌어지곤 한다. 이때 역시 남성은 놀림의 대상이기도 하고, 과한 관심의 주인공이 되기도 한다. 청일점이라는 표현에 따라붙은 행위들이 불편한 건 마찬가지이다.

모든 집단에서 성비가 동일하기를 기대할 수는 없다. 꼭 균형을 이뤄야 하는 것도 아니다. 하지만 특정 집단에서 성비가 유난히 크게 치우친다면 그 원인은 성에 대한 고정관념에 있을 수도 있다. 우리 사회에는 여전히 직종과 성별을 연결하여 생각하는 인식이 만연하다. 해묵은 성 편견에서 벗어나려면 우선 집단 내 소수 성별을 특별하게 대접하는 태도부터 버려야 할 것이다.

한 발 더 나아가서, 홍일점과 청일점은 단어 자체부터 성 편견을 내포하고 있다. 흔히 분홍은 여자의 색, 파랑은 남자의 색으로 취급된다. 사람들은 관습적으로 여성과 붉은색 계열을, 남성과 푸른색 계열을 연결한다. 하지만 이는 1950년대 장난감 회사가 주입한 상술에 불과하다고 한다.[26]

즉 여자아이가 분홍색을 선호하는 것은 생물학적 본능이 아닌 문화적으로 학습한 결과에 가깝다. 실제로 17세기 바로크 시대에 왕자들은 분홍색 옷을 입었고, 18세기 가톨릭 사제들은 사순절에 분홍색 제례복을 입었다고 한다. 역사적으로 보건대 분홍은 남자의 색이었다.[27]

21세기에 왕은 더 이상 분홍색 옷을 입지 않는다. 시대가 변했다. 마찬가지도 홍일점과 청일점 같은 표현들도 이제는 더 이상 필요하지 않다. 홍일점으로 일컫는 대신 소수가 처한 환경과 그들의 고민을 살피는 것이 더 바람직하지 않을까.

남자만 하는
효도

관광지의 기념품 가게에서 늘 빠지지 않고 한자리를 차지하고 있는 상품이 있다. 바로 '효자손'이라고 불리는 등긁이이다. 손이 닿지 않는 곳을 긁도록 만든 물건이 왜 효자손이라고 불리게 되었는지 기원은 정확하지 않다. 과거에 부모의 등을 긁어주는 건 아들의 역할이라는 인식이 강했기에 그랬을 것이라 추정할 뿐이다.

효도는 분명 아들만의 몫은 아니다. 자식이라면 성별에 관계없이 효도를 할 수 있다. 그럼에도 우리 사회는 오래도록 아들의 효도를 특별하게 처급해 왔다. '효자상품'은 이러한 사회의 인식을 여실히 드러낸다. 책임도, 공功도 아들의 몫인 이상한 구조이다.

효자상품은 사회가 아들을 바라보는 낡은 가치관의 잔재이다. 이는 비판받는 대표적인 구습이기도 하다. 결혼한 아들은 명절에 아내와 자식을 데리고 와 부모를 즐겁게 하며 더 끈끈한 가족관계를 형성하지만, 딸은 결혼하는 순간 출가외인이 된다. 그래서 명절에 아내의 부모보다는 남편의 부모를 먼저 찾아뵈는 것이 일반적이었다. 하지만 조상에게 효를 다하기 위해 제사 음식을 준비하는 것은 온전히 여성의 몫으로 넘겨졌다.

효자상품,
효도의 책임도 공도 남자에게

부부간 갈등의 상당수도 여기서 비롯된다. 고된 시집살이를 의미하는 '시월드'란 표현은 공공연히 쓰이지만, '처월드'는 미미한 수준이다. 그만큼 아내가 남편의 효도에 더 적극적으로 동참하고 있음을 의미한다. 효도의 책임이 불공평한 환경에서 부부는 늘 대립하는 숙적이 되고 만다.

남성들의 효심에는 기복이 있다. 대부분 결혼 전에는 부모님께 전화조차 별로 하지 않았지만, 결혼을 한 뒤에는 뒤늦게 못다 한 효도를 채우려고 바빠진다. 명절마다 여행 다니기 바빴던 그들이 인사를 빼먹으면 큰일이라도 나는 양 몇 시간씩 고생해 가며 귀성길에 오른다. 뒤늦게 철이 든 건지, 결혼하면 갑자기 효심이 생기는 건지는 몰라도, 기복 있는 효심 때문에 효자를 바라는 사회의 목소리는 덩달아 커진다.

국립국어원은 2008년에 이미 효자상품을 성별 언어 구조가 관용화된 성차별적 표현이라 발표했다. 지금은 여성과 남성의 불균형에 대해 이야기하는 시대이다. 쉬운 일은 아니다. 오랜 세월이 만들어온 관습과 인식을 한순간에 고치기란 어렵다. 특히 기성세대의 사고방식은 젊은 세대보다 더 단단해서 바꾸는 데 많은 시간이 소요될 수도 있다.

하지만 모든 변화는 아주 작은 부분에서 시작된다. 효자상품처럼 이미 의미가 퇴색된 낡은 단어를 인기상품으로 교체하는 데는 이견이 없을 것이다.

실전편

사과에도 기술이
필요하다

일단
사과는 할게

"아, 미안하다고." "사람 죽여 놓고 미안하다면 다야?"

어렸을 적 친구들과 툭하면 이런 일로 다퉜다. 살다 보면 조심한다고 하는데도 잘못을 저지르는 경우가 있다. 상대방을 배려하며 말하려고 애써도 때로는 예기치 못하게 상대에게 상처를 주기도 한다. 그래서 생각하며 말하는 것만큼 사과를 잘하는 것도 중요하다. 어린 시절 친구는 아무리 '미안하다'고 말해도 그에 걸맞은 태도가 갖춰지지 않으면 사과를 받아들이지 않았다. 사과라는 피상적인 행위보다 상대방의 마음을 헤아리는 일이 먼저라는 지극히 당연한 사실을, 우리는 일찌감치 학
   실전편 사과에도 기술이 필요하다

습했던 셈이다.

그러나 어릴 때부터 알았던 이 사과의 법칙을 모두가 잘 실천하고 있는지는 모르겠다. 바야흐로 사과의 시대다. SNS의 발달로 누구나 자유롭게 발언할 수 있다 보니 말실수도 그만큼 잦아졌다. 더욱이 공유가 활발하게 이루어지는 온라인 환경에서는 가볍게 내뱉은 말조차 짧은 시간에 많은 사람에게 가닿는다.

특히 파급력이 큰 기업이나 공인에게 사과는 피할 수 없는 일이 되었다. SNS를 통해 소비자와 소통하는 기업이라면 한 번쯤은 사과하라는 항의를 받았을 것이다. 커뮤니케이션해야 하는 사람이 점점 더 많아지는 상황에서, 모든 사람이 불편해하지 않을 완벽한 표현을 고르는 것이 때로는 불가능한 일처럼 느껴지기도 한다.

그래서 사과는 더욱 어렵다. 개인적으로도 〈대학내일〉과 〈캐릿〉의 운영을 총괄하며 가장 어려운 것이 바로 이 지점이다. "불편하셨다면 죄송합니다. 앞으로 표현에 더 주의하도록 하겠습니다." 페이스북 메시지로 항의하는 독자에게 사과를 건네면, 사과문을 공개 게시물로 올려 달라는 요청이 들어오곤 했다.

사람들의 인식에 영향을 미치는 미디어로서 책임감을 가지고 실수를 공론화하여 재발을 방지해야 한다는 문제의식에는 동감한다. 하지만 그럼에도 불구하고 사과문을 공개적으로 게재하는 데에는 많은 고민이 따른다. 우선 사과문을 잘 쓰는 것도 무척이나 어려운 일이지만, 그보다 개인적인 판단 착오와 무지로 상대방의 입장을 고려하지 않은 무책임한 사과문을 올리지는 않을까 걱정이 앞선다.

사과할 일을 만들지 않는 것도 어렵지만, 사과를 잘하는 것도 어렵다. 상대방의 입장을 제대로 헤아리지 못하면 사과문을 올려도 '이게 사과문이냐'는 비난을 받게 된다. 참고할 만한 사과문을 찾기도 어렵지만, 그나마 방송인 전현무의 사과문은 성난 대중의 마음을 잠재운 대표적인 사례로 손꼽힌다.

여러분이 지적해주신 것처럼 잠시전 호동이형님과 통화했고 경솔했던 제 실수를 말씀드리며 사과의 말씀을 올렸습니다. 감사하게도 호동형님은 아무렇지도 않은 일이라며 오히려 저를 다독여주시더군요.
하지만 상대방이 어떻게 받아들이고 생각하든 변명의 여지가 없는 저의 경솔한 실수였습니다. 앞으로는 좀 더 성숙해지고 신중히 방송하겠습니다. 방송을 이렇게 많이 하는데도 아직 한참 부족한 모양입니다.[1]

실전편 사과에도 기술이 필요하다

사과를 잘하는 요령은 의외로 간단하다. 바로 깔끔한 인정이다. 대개의 문제 상황엔 설명하기 어려운 잘잘못이 섞여 있기 마련이다. 사과하는 사람의 입장에서는 타인이 쉽게 짐작할 수 없는 자신의 사정을 알려주고 싶을 수 있다. 그래서 대부분의 사과문은 자신의 잘못을 언급하면서도, 이와 함께 어쩔 수 없이 벌어진 일임을 구구절절 설명한다.

하지만 전현무는 달랐다. 어떠한 변명도 없이 깔끔하게 본인의 잘못을 인정하는 태도가 사람들의 마음을 움직였다. 사람들은 '어쩌다 잘못하게 됐느냐'를 묻는 것이 아니다. 이는 잘못을 저지른 자가 반성하기 위해 스스로 따져야 할 문제일 뿐, 사람들에게 알려줄 정보가 아니다. 사람들의 마음을 움직이는 것은 '잘못을 인정하느냐'의 여부이다.

> 개표 상황을 전해드리는 과정에서 사용된 표현이 여성혐오성 표현이라는 일부 시청자분들의 지적이 있었습니다. 의도는 전혀 아니었습니다만 세심하게 살피지 못해 오해를 불러일으켰던 점 사과드립니다.[2]

> 많은 시청자 분들께서 염려하시고 우려하셨던 의도적인 역사왜곡은 추호도 의도한 적이 없었으나, 결과적으로 여러분께 깊은 상처를 남긴

점 역시 뼈에 새기는 심정으로 기억하고 잊지 않겠습니다.[3]

제작진은 특정 국가나 선수, 인종을 모욕할 의도가 없었습니다. 그렇지만 일부 장면들로 인해 인도네시아 시청자들을 불편하게 한 점에 대해 사과드립니다. 추후 방영분에서는 연출에 각별히 신경 쓰겠습니다.[4]

하지만 사과의 본래 목적과 달리 '의도가 없었다'는 말은 사과문에 가장 자주 등장하는 표현이다. 2020년 4·15총선 때 MBC의 개표방송은 여성 혐오 논란에 휩싸였다. 동작을 지역구에서 경쟁하던 두 여성 후보를 "알고 보면 더 재밌는 선거 드라마. '언니, 저 마음에 안 들죠?' 판사 선후배 간의 대결, 결말은?"이라는 멘트로 소개한 것이다. 사람들은 정치적 경쟁 관계에 있는 두 후보에게 '여성의 적은 여성'이라는 프레임을 씌운 것에 반발했다.

2021년 3월에 방영된 SBS 드라마 〈조선구마사〉는 중국풍 소품 사용 등 역사 왜곡 문제에 휘말리며 2회 만에 조기종영해야 했다. 같은 방송사에서 2021년 5월부터 방영된 드라마 〈라켓소년단〉은 극중 경쟁 상대로 맞붙은 인도네시아를 비열하고 부정적으로 묘사하여 인도네시아 시청자들의 항의를 받았다. 인니어로 사과문을 올렸지만 그들의 분노를 잠재울 순 없었다.

사과 당사자들은 '의도가 없었다'는 말을 통해 스스로 불순한 의도를 가지고 피해를 입힌 악질까지는 아니라는 사실을 강조하려고 한다. 지극히 가해자의 입장을 대변하는 이 표현은 피해자에게 단순 실수일 뿐이니 사과를 받아들이라는 논리로 읽힌다. 이는 피해자에게 용서를 강요한다는 점에서 폭력적일 수 있다. 무엇보다 의도하지 않았다는 것이 면죄부가 될 수는 없다. 지상파 방송사에서 성인지 감수성이나 역사의식, 인종차별에 대한 경각심 없이 방송을 내보냈다는 것이 문제다. 즉 사전에 문제를 인지하지 못했다는 것 자체가 사과의 대상이 되어야 한다.

비슷하게 '의욕이 앞섰다', '오해의 소지를 만들게 됐다' 등도 모두 가해자의 입장을 방어하는 표현이다. "의도는 그렇지 않았는데 미안해"라는 가해자 중심의 사고가 아닌, "너한테 큰 상처를 줘서 미안해"라는 피해자의 입장을 고려하는 태도가 사과의 취지에 더 걸맞다.

우선 일련의 사태에 대해 '슈피맨이 돌아왔다' 제작진은 상황의 잘잘못

을 떠나 체험관 측이 '슈퍼맨' 촬영을 위해 애써주셨음에도, 불가피한 오해로 얼굴을 붉히게 된 것에 대해 사과의 말씀을 드립니다.[5]

사과할 때 가장 중요한 것은 책임을 지겠다는 태도다. 이러한 점에서 조금 억울한 측면도 있지만 사과한다는 메시지를 전달하는 '사실관계와는 상관없이', '잘잘못을 떠나'와 같은 표현들도 사과문에서는 좋게 받아들여지지 않는다. 책임을 회피하는 태도가 엿보이기 때문이다.

이러한 표현은 특히 시일이 꽤 지났거나 피해 사실을 증명하기 어려운 경우에 자주 볼 수 있다. 피해자가 사건 경위를 세세하게 이야기하면 가해자로 지목된 사람들은 "기억하는 것과 다르다"라고 말하는 식이다. 물론 모든 기억이 정확할 수는 없다. 특히나 둘만 아는 일이라면 구체적 상황에 대한 진실 여부를 알기란 어렵다. 하지만 사과문은 사건기록부가 아니다. 사건 경위를 하나하나 검정해 가며 사과하는 건 사과의 본질 자체를 흐리는 일이다.

우리는 늘 팩트에 주목한다. 가짜 뉴스와 잘못된 정보가 선량한 피해자를 만드는 걸 목격해 온 탓이다. 그래서 세부 내용이 틀리면 주장 자체를 거짓이라 판단하는 경향이 있다. 하지만 모든 사람이 모든 부분에서 정확할 수는 없다. 기계가 아닌 이상 확실하다고 믿었던 기억조차 왜곡되었을지도 모른다. 문제 상황에서 가장 중점적으로 고려해야 할 것은 가해 행위와 그로 인한 피해자라는 사실을 간과해서는 안 된다. 이 두 가지만 명확하다면 사과를 할 이유는 충분하다.

환자분들은 저희가 끝까지 책임지고 치료해 드리겠습니다. 관계 당국과도 긴밀히 협조해 메르스 사태가 이른 시일 안에 완전히 해결되도록 모든 힘을 다하겠습니다.

저희는 국민 여러분의 기대와 신뢰에 미치지 못했습니다. 저 자신이 참담한 심정입니다. 책임을 통감합니다.[6]

'사과문의 정석'이라 불리는 이재용 삼성전자 부회장의 사과문이다. 전현무의 사과문이 깔끔하게 잘못을 인정했다면, 이재용의 사과문은 피해를 어떻게 책임질지를 명확하게 짚어

준 사례로 손꼽힌다. 끝까지 책임지고 치료하겠다는 부분에서 사람들은 신뢰를 확인했다. 사과문을 쓰는 시점에서 대책을 마련하기란 쉬운 일이 아니다. 그래서 일반적인 사과문에서는 어떻게 책임질지를 설명하지 못한다. 하지만 책임지겠다는 선언만큼 피해자의 마음을 진심으로 헤아리고 있다는 태도를 잘 보여주는 것은 없다.

> 2020년 11월 16일 신입사원 채용 1차 실무 면접 과정에서 면접관 중 한 명이 지원자에게 당사 면접 매뉴얼을 벗어나 지원자를 불쾌하게 만든 질문을 한 것으로 확인되었습니다.

> 승무원 개인의 실수이나, 결코 가볍지 않은 실수입니다. (…) 이러한 실수는 한국 고객을 차별하는 행위로 해석된 바 한국 고객 여러분께 심려를 끼쳐드리게 된 점을 매우 유감스럽게 생각합니다.

> 저희 브랜드는 최근 온라인을 통해 저희 브랜드 제품을 주문하신 일부 고객분들께 매트 파우더 파운데이션의 색상을 임의로 바꾸어 배송하면서 매우 부적절한 메시지를 동봉해 보내 드렸습니다.

반면, '확인되었다', '일이 이렇게 되어'와 같은 피동형은 책임을 회피하는 수동적인 표현으로 사과문에서 권장되지 않는다. 모 제약사는 채용 면접에서 여성 지원자에게 "여자는 군대를 가지 않았으니 남자보다 월급을 적게 받는 것에 대해 어떻게 생각하느냐", "군대에 갈 생각이 있느냐"와 같은 성차별적인 질문을 해 물의를 빚었다. 논란이 심화되자 제약사는 대표 명의로 해당 회사가 출연한 유튜브 영상에 댓글로 사과문을 올렸지만, 문제를 면접관 개인의 잘못으로 축소하는 태도를 보여 오히려 빈축을 샀다.

피해자는 "제게 문제의 질문을 한 사람은 단순히 '면접자 중 한 명'이 아닌 당사 면접 매뉴얼을 만드는 '인사팀장'이었다"라며, "인사팀장이 채용 과정에서 성차별을 자행했다는 것은 성차별이 조직 전체의 문화와도 무관하지 않음을 시사한다"는 점을 지적했다.[7] 애초에 '확인되었다'는 표현을 사용한 데서 문제를 해결해야 하는 주체가 아니라 제3자처럼 접근하고 있는 태도가 내비친다.

마찬가지로 '실수'와 '부적절한'과 같은 단어를 사용하는 것 역시 상황을 축소하거나 뭉뚱그리는 태도로 볼 수 있다. 2020년 2월 모 항공사는 암스테르담에서 출발해 인천으로 향하던 항공편의 화장실 문에 한글로 '승무원 전용 화장실'이라고 쓴 종이 안내문을 붙여 논란을 빚었다. 안내문을 발견한 승객은 한국인 승객만 화장실을 사용하지 못하도록 배제한 것이 아니냐며 항의했고, 승무원은 "잠재 코로나 보균자 고객으로부터 지키기 위해 결정된 사항"이라고 답변했다.[8] 코로나가 창궐하기 시작해 많은 동양인이 보균자라고 오해받던 시기, 이러한 대처는 인종차별 논란을 불러일으켰다. 항공사는 기자회견까지 열어 사과했지만 사안을 직원 개인의 문제로 축소하는 태도가 대중의 공감을 얻을 수 있었을지는 의심스럽다.

모 화장품 회사는 2020년 "동양인에게 어울리지 않는"다며 온라인을 통해 파우더를 구매한 고객에게 임의로 "동양인에게 가장 잘 어울리는 베스트 컬러"로 옵션을 변경해 발송했다. 명백한 인종차별이라는 네티즌의 항의에 화장품 회사는 결국 사과문을 게재했다.[9] 하지만 '부적절한'이라는 추상적인 표현에서 회사가 진심으로 잘못을 인정하고 있는지를 확인하기란 어려운 일이다.

사과문에서는 어떠한 잘못을 저질렀고, 얼마만큼의 피해를 줬는지를 인지하고 있다는 것을 상대에게 증명해야만 한다. 두루뭉술한 표현으로 뭉뚱그려서는 안 된다는 이야기다 모든 사실을 적나라하게 적어야 하는 건 아니지만, 구체적으로 자신의 잘못을 언급하지 않으면 무책임하게 상황을 축소하는 모습으로 비칠 수 있다.

비난을 피해야겠다는 생각에 급급해 사과문에서조차 피해자를 배제하는 일도 일어난다.

25일 SBS 가요대전 사전 리허설 중 ○○○○ △△가 부상을 입는 안타까운 사고가 발생했습니다.

이에 ○○○○이 가요대전 생방송 무대에 오르지 못하게 되어 팬 여러분 및 시청자 분들께 진심으로 사과드립니다.

○○○○ △△의 빠른 쾌유를 바라며, 향후 SBS는 출연진 안전 관리에 각별한 주의를 기울이겠습니다.

2019년 12월 25일 〈SBS 가요대전〉에서는 리프트가 제대로 작동하지 않아 한 출연진이 2미터 아래로 떨어지는 사고가 있었다. 명백히 방송사의 잘못으로 피해자에게 치명적인 상처를 입힌 일이었지만, 정작 사과문에서 당사자에 대한 사과를 누락하여 더 큰 비판을 받았다.[10] 팬과 시청자만을 의식하는 듯한 태도는 피해자에게 진심으로 미안해하기보다 이미지 관리에만 신경 쓴다는 인상을 주었다.

이렇듯 사과의 대상을 잘못 상정하는 경우도 자주 목격된다. 논란이 불거진 채널에서 사과하면 된다고 생각하는 듯, SNS에 사과문을 올리며 자연스럽게 사과의 대상도 피해자보다는 소비자나 팬들을 향하게 되었다.

하지만 피해자가 늘 SNS에 공개적인 사과를 바라는 건 아님을 기억해야 한다. 때론 공개사과가 피해자에게 또 다른 상처를 주기도 한다. 어떠한 방식으로 사과를 받을지에 대한 선택권은 피해자에게 있다. 그러니 가해자는 '당사자가 양해해주면 직접 찾아뵈어 사과하겠다'는 사과문을 게재하기에 앞서, 피해자에게 어떻게 사과받고 싶은지를 먼저 물어야 한다.

tvN의 예능 프로그램 〈알쓸범잡〉은 2021년 4월 '가해자의 사과문'에 대한 이야기를 다뤘다. 방송에서 판사 출신의 정재민 법무심의관은 대상이 잘못된 사과의 사례를 언급했다. 재판이 마무리될 때쯤 피고인에게 "하고 싶은 말을 해보라"라고 하면, 많은 이들이 "판사님 죄송합니다. 다시는 안 그러겠습니다"라고 말한다고 한다. 정작 피해자에게는 사과하지 않았으면서 판사에게만 미안하다고 말한다는 것이다. 대상이 틀린 사과에서 진정성을 느낄 리 없다.[11]

이는 저희 브랜드가 깊이 존중하는 모든 여성분 각자 개개인의 다양한 아름다움이나 브랜드의 가치와 부합하지 않은 것으로, 저희 브랜드 모든 임직원은 이번 사안을 매우 심각하게 받아들이고 있습니다.

조금 다른 경우긴 하지만, 앞서 언급한 화장품 회사 역시 사과문에서 화장품을 사용하는 사람을 '여성'으로만 한정하는 태도를 보였다. 이는 인종차별에 이어 성차별 논란을 더하는 결과를 가져왔다. 사과해야 할 대상을 진심으로 헤아렸다면 이와 같이 성인지 감수성이 부재한 사과문을 올리지는 못했을 것이다.

판단 착오나 무지로 누군가에게 피해를 끼친 것은 아무리 사과를 한다 해도 돌이킬 수 없다. 따라서 무엇보다 피해자를 우선시하고, 피해에 상응하는 대책을 마련하겠다는 의지를 보여주어야 그나마 받아들여질 수 있다.

2019년 패션커머스 기업 무신사는 박종철 열사의 고문치사 사건을 연상하게 하는 문구를 광고 카피로 활용하여 큰 논란을 빚었다. 독재 정권에 의해 무고한 시민들이 희생당한 현대사의 비극을 희화화하는 태도에 즉시 비판이 일었다. 이때 무신사는 진정성 있게 반성하는 태도를 보여주었다.

실전편 사과에도 기술이 필요하다

박종철 열사께 누를 끼쳐 죄송합니다.

무신사 입니다. 최근 발생한 불미스러운 일에 대해 당사자인 유가족분들과 관련 단체, 무신사 고객 그리고 이 사건을 접한 네티즌 분들께 머리 숙여 사과 드리며 해당 사건 경위와 사후 조치를 설명 드립니다.

폐사는 지난 7월 2일, 박종철열사고문치사 사건 당시 공안 경찰의 '책상을 탁하고 쳤더니 억하고 죽었다.'라는 발언을 인용한 광고 문구를 SNS에 게재하였습니다. 해당 문구가 엄중한 역사적 의미를 가지고 있음에도 홍보 목적으로 사용한 것에 대해 다시 한번 깊이 사과 드립니다.

무신사는 세 차례에 걸쳐 사과문을 게재하여 잘못을 인정하고 재발 방지를 약속했다. 무엇보다 중요한 건 사건 당사자에게 사과하는 일을 잊지 않았다는 점이다. 무신사는 사과문을 올리는 것에 그치지 않고 남영동 대공분실에 방문해 이현주 민주열사박종철기념사업회 사무국장을 직접 만나 사과와 후원금 전달 의사를 밝혔음을 알렸다. 덧붙여 유명 역사 강사를 초빙해 사내 교육을 실시하며 올바른 역사의식을 함양하기 위해 노력하는 모습을 보여주었다.[12]

미디어 분야에 종사하면서 나도 오랜 기간 꽤 많은 사과문을 썼다. 재미있는 이미지로 유명해진 신조어를 썼다가 이미지의 당사자에게 항의를 받기도 했고, 기사에 썼던 표현이 몇 년이 지난 후에 문제가 되기도 했다. 공개적으로 사과문을 올리기도 했고, 상대방이 원하지 않는 경우에는 개인적으로 사과의 말을 전달하기도 했다.

사과문 말미에는 늘 "이런 일이 재발하지 않도록 신경 쓰겠다"라는 표현을 썼다. 모든 사과문에 들어가는 클리셰 같은 표현이지만, 실제로 사과할 일을 만들지 않기 위해 꽤 많은 노력을 해왔다. 진정한 사과는 말에서 그치는 것이 아니라 행동까지 이어질 때 비로소 전달된다는 사실을 알고 있기 때문이다. 표현을 사용하는 데 더 예민해졌고, 유행을 받아들이는 데 더 엄격해졌다.

그런 귀찮은 습관이 책이라는 결과물로 이어질 수 있었는지도 모른다. 지금까지 사과문을 잘 쓰는 법을 이야기했지만, 애초에 사과할 일을 만들지 않는 것이 최선의 방책일 것이다.

실전편 사과에도 기술이 필요하다

말에는 힘이 있다

"그럴 의도는 없었는데 기분이 나빴다면 미안해."

우리는 종종 사과를 한다. 주로 나의 말이 상대방에게 상처를 줬을 때다. 상대방을 다치게 할 마음이 없었는데도 때로 상대는 화를 참지 못한다. 나쁜 의미로 전하지 않아도, 듣는 이에게 상처가 되는 말이 있는 것이다.

한번은 동료 앞에서 별생각 없이 "잠은 죽어서 자면 되지"라는 농담을 한 적이 있다. 수면 시간이 모자라 스트레스를 받고 있었던 그는 "그런 말 하는 사람 진짜 싫다"라며 화를 냈고, 나는 화들싹 놀라 미쓱해했다. 남들이 하는 말을 생각 없이 받아서 쓰다가 그만 동료에게 상처를 준 셈이다.

그래서 나는 불편한 이야기를 하기로 했다. 누구나 큰 고민 없이 쓰는 표현을 잘못됐다고 지적했다. 물론 그렇다고 해서 내가 완벽하다는 이야기는 아니다. 나 역시 성인군자도 아니고, 흠이 없는 사람도 아니다. 이 책에 등장하는 나쁜 단어들을 한 번쯤은 입에 담기도 했고, 주변 사람들이 사용할 때 웃기도 했다. 책을 쓰면서 겨우 잘못임을 알게 된 단어도 있다. 그 정도로 미숙했다고 고백한다.

그런데도 불편한 단어들을 모아 한 권의 책으로 엮은 이유는 누군가를 신경 쓰이게 만들기 위해서라 말하겠다. 바지가 찢어진 줄 모르고 입었을 때는 불편함을 모르지만, 알게 된 순간부터는 신경이 쓰여 수선하지 않고는 입기가 꺼려지는 법이다. 다시 말해 누군가가 불편해할 거라고 생각도 못 했던 표현들은, 내막을 알게 된 순간부터 신경 쓰여 고칠 수밖에 없을 거라는 작은 기대가 있다.

"취업이 힘든가요? 눈높이를 낮춰 중소기업에 가보세요"라는 정치인의 말은 중소기업이 대기업보다 낮다는 인식을 은연중에 강조한다. "주량이 약해? 완전 알코올 쓰레기네." 유행어처럼 번지는 단어는 주량이 세야만 사회에서 필요가 있다고 말하는 것만 같다. 말에는 힘이 있다. 같은 의미라도 어떤 단어를 써서 말하느냐에 따라 상대에게 주는 영향이 다르다. 나는 단어에 담겨 있는 약간의 불편함을 꺼내놓고자 했다. 불편함을 인지하는 것만으로 그 단어가 미칠 영향력을 한 번 더 생각하게 만드는 효과가 있다고 믿기 때문이다.

"악플러에게는 선처 없다"는 연예인의 단호한 선언에는 모두가 두 팔 벌려 환호하지만, 우리는 정작 일상 속의 악플에는 무심하다. 신조어, 유행, 재미라는 핑계 아래 누군가에게 상처 주는 말을 아무렇지 않게 쓰고 있는 건 아닌지 돌아볼 필요가 있다. 이 책이 독자들에게 그 시작이 되길 바란다. 다른 사람이 들이미는 단호한 잣대에 당황하고 머쓱해하기 전에 스스로의 언어 습관을 돌아보면 좋겠다. 자신의 언어 습관에 가장 단호해야 하는 사람은 우리 자신일 테니 말이다.

1부 당신의 말이 무해하다는 착각

1   김종민, "10명 중 7명 입사 기업 고를 때 '연봉'보다 '워라밸'", 〈뉴시스〉, 2021.2.2.

2   홍승우, 『밀레니얼이 회사를 바꾸는 38가지 방법』, 위즈덤하우스, 2019, p.34

3   조운, "간호계 이슈에 간호대생 자발적 단체행동… '우리가 나서야'", 〈메디파나뉴스〉, 2019.10.7.

4   박윤경, "'병원 내 최약자'… 저임금·불안정노동·갑질에 시달리는 간호조무사들", 〈한겨레〉, 2020.12.31.

5   김영신, "간호조무사 10명 중 6명 이상 최저임금, 10명 중 2명 성희롱 피해 경험", 〈메디컬뉴스〉, 2020.9.27.

6   김기만, "편의점 5만개 시대… 장보기·세탁·택배 '다 되네'", 〈한국경제〉, 2021.1.18.

7   권진, "'코로나 취약층' 자영업자에게 언제까지 임시방책만…", 〈프레시안〉, 2021.1.20.

8   류시훈, "'막장국회'막장 드라마' 함부로 쓰지 마세요", 〈한국경제〉, 2009.3.3.

9   박종준, "2030 직장인, '회식 스트레스… 술자리도 비선호'", 〈브릿지경제〉, 2019.11.4.

10 윤홍집, "'코로나에 회식은 좀…' 송년회가 두려운 직장인들", 〈파이낸셜뉴스〉, 2020.11.22.

11 이성인, "회식이 싫은 이유 vs 좋은 이유… 당신은?", 〈뉴스웨이〉, 2020.7.6.

12 이가희, "술 잘 먹으면 직장생활 편한 이유?", 〈매일경제〉, 2016.2.24.

13 이선애, "요즘 캠퍼스 '술' 강요 줄고 '주량' 존중하며 술자리 즐긴다", 〈아시아경제〉, 2019.5.10.

14 '지역별 인구 및 인구밀도', e-나라지표, http://www.index.go.kr/potal/

main/EachDtlPageDetail.do?idx_cd=1007&param=011

15 이기훈, "소득 하위 10%가 중산층 되려면 다섯 세대 걸린다", 〈조선일보〉, 2018.6.18.

2부 버려야 하는 말들의 목록

1 정명진, "암환자 200만명 시대, 5년 생존율 70%로 가장 높아", 〈파이낸셜뉴스〉, 2020.12.29.

2 최창희, "북한 사망원인 1위는 뇌졸중, 남한은 암", 〈매일신문〉, 2020.12.10.

3 음상준, "기대수명까지 생존시 암 걸릴 확률 37.4%… 암유병자도 201만명", 〈뉴스1〉, 2020.12.29.

4 이진수, "'탈모' 있으면 불이익?… 해군사관학교 입시 요강 논란", 〈매일안전신문〉, 2020.10.15.

5 차윤주, "'대머리 채용거절 인권침해'… 인권위 호텔에 시정권고", 〈뉴스1〉, 2017.1.24.

6 "'장애인'의 반의어", 국립국어원 상담 사례 모음, https://www.korean.go.kr/front/mcfaq/mcfaqView.do?mn_id=217&mcfaq_seq=8260

7 김시연, "'장애인을 웃음거리로…' 국립발레단 안무 6년만에 바꿔", 〈오마이뉴스〉, 2021.5.20.

8 최윤필, "요하나 카스퍼 라바터(11.15)", 〈한국일보〉, 2019.11.15.

9 '성별 및 성씨·본관별 인구-시도', 국가통계포털, 2016.9.7.

10 "우리나라 언론 신뢰도, 세계 꼴찌", 〈열린라디오 YTN〉, 김양원 연출, 안호림 출연, YTN라디오, 2018.2.17.

11 김희구·강운지, "'뉴스 신뢰도 40위 한국' 국민들이 언론을 불신하는 이유", 〈일요시사〉, 2021.5.14.

12 이성인, "한국인이 사랑한 배달 음식들… 선호도 1위 메뉴는?", 〈뉴스웨이〉, 2020.5.8.

13 이정희, 『화교가 없는 나라』, 동아시아, 2018, p.72

14 '2018년 지방자치단체 외국인주민 현황', 행정안전부, 2019.10.31.

15 샘 오취리 인스타그램(@samokyere1), 2020.8.6. (현재는 삭제된 상태)

16 연희선, "샘 오취리, BBC서 의정부고 '관짝소년단' 언급 '韓, 블랙페이스 잘 몰라'", 〈OSEN〉, 2020.8.20.

17 "크레파스의 '살색' 표기는 평등권 침해", 국가인권위원회 보도자료, 2002.8.1., https://www.humanrights.go.kr/site/program/board/basicboard/view ?menuid=001004002001&boardtypeid=24&boardid=554485

18 타일러 라쉬 트위터(@tylerrasch), 2017.10.19.

19 박유진, "美 '엘렌쇼' 엘렌 드제너러스, 봉준호 감독 조롱 논란… '내 누드 사진 보냈는데 답 없어'", 〈뉴스인사이드〉, 2020.2.14.

20 조유진, "'~린이 표현 그만 쓰세요'… 뭇매맞은 서울시 산하기관", 〈조선일보〉, 2021.4.26.

21 "어린이도 미디어 사용자.. 어린이에게 뉴스란?", 〈김종배의 시선집중〉, 안동진 외 연출, MBC 표준FM, 2021.5.5.

22 BBC two 페이스북(@bbctwo), 2019.9.23., https://www.facebook.com/ bbctwo/photos/a.422620864513754/2277482269027595/?type=3

23 퇴준생 : 오늘도 퇴사하지 못했다 페이스북의 2019년 9월 26일 게시물에 달린 댓글을 참조하여 재구성. https://www.facebook.com/companyexit/ posts/700169370486631

24 '2019년 인구주택총조사', 통계청, 2020.8.29.

25 꽃길-김정섭, "서울 시내·근교 야외 결혼식장 명소 꽃길 따라 행복한 웨딩마치", 〈경향신문〉, 1997.2.13. / 주단-박경아, "야외결혼식 人氣", 〈동아일보〉, 1990.3.26.

26 개빈 에번스, 『컬러 인문학』, 김영사, 2018, pp.156~158.

27 김홍기, "남자도 핑크가 좋아", 〈한국일보〉, 2016.12.20.

실전편 사과에도 기술이 필요하다

1 전현무 인스타그램(@junhyunmoo), 2015.12.31.

2 이미나, "'언니 저 마음에 안 들죠' MBC 개표방송 중 이수진·나경원 두고 여성 비하 논란", 〈한국경제〉, 2020.4.16.

3 정희연, "[전문] '조선구마사' 박계옥 작가 사과 '역사왜곡 의도도 없었다'", 〈스포츠동아〉, 2021.3.27.

4 SBS 드라마 공식계정 인스타그램(@sbsdrama.official), 2021.06.16.

5 아시아경제 온라인이슈팀, "'갑질논란' 슈퍼맨이 돌아왔다 측 '체험관 수차례 사과, 물질적 보상 원하신다면'(공식입장 전문)", 〈아시아경제〉, 2015.4.24.

6 "[전문] 이재용 부회장 메르스 사태 대국민 사과", 〈한겨레〉, 2015.6.23.

7 이지영, "동아제약 '성차별 면접' 피해자 분노 '저따위 글이 사과문이냐'", 〈중앙일보〉, 2021.3.9.

8 이주상, "KLM항공, '인종차별' 논란에 고개 숙여 사과… '가볍지 않은 실수'", 〈디지털조선일보〉, 2020.2.14.

9 신현아, "'인종차별 논란' 에스티로더… '무성의 사과문'에 불만 폭발", 〈한국경제〉, 2020.11.10.

10 이유나, "웬디 추락 사고→SBS 뒤늦은 2차 사과→팬들 여전히 뿔났다", 〈스포츠조선〉, 2019.12.26.

11 〈알쓸범잡〉 3회, 양정우 연출, tvN, 2021.4.18.

12 임솔, "무신사 '박종철 열사께 누를 끼쳐 죄송합니다'… 네티즌 '사과문의 정석'", 〈시사포커스〉, 2019.7.12.

말에 품격을 더하는 언어 감수성 수업

나는 생각하고 말하는
사람이 되기로 했다

초판 1쇄 발행 2021년 7월 28일
초판 4쇄 발행 2024년 7월 30일

지은이 홍승우
펴낸이 권미경
편집 이정주
마케팅 심지훈, 강소연, 김재이
디자인 어나더페이퍼
펴낸곳 ㈜웨일북
출판등록 2015년 10월 12일 제2015-000316호
주소 서울시 마포구 토정로 47 서일빌딩 701호
인스타그램 instagram.com/whalebooks
전화 02-322-7187 **팩스** 02-337-8187
메일 sea@whalebook.co.kr

ⓒ 홍승우, 2021
ISBN 979-11-90313-93-3 (03800)

소중한 원고를 보내주세요.
좋은 저자에게서 좋은 책이 나온다는 믿음으로, 항상 진심을 다해 구하겠습니다.